조해진

1976년 서울에서 태어나 2004년 《문예중앙》으로 등단했다.
소설집 『천사들의 도시』, 『목요일에 만나요』, 『빛의 호위』와
장편소설 『한없이 멋진 꿈에』, 『로기완을 만났다』,
『여름을 지나가다』가 있다.

아무도
보지
못한
숲

아무도
보지
못한
숲

오늘의 젊은 작가 01

조해진
장편소설

민음사

차례

숲의 시작　7

숲의 바깥　17

숲의 끝　153

작가의 말　165
작품 해설_ 양윤의(문학평론가)
미스터 노바디(nobody)가 그대를 사랑할 때　167

숲의 시작

가끔 그럴 때가 있다. 세상의 모든 시계가 작동을 멈추면서 눈앞의 풍경은 정지 상태가 되고 소리는 증발한다. 있어도 상관없고 없어도 그만인 우주의 여분 같은 미완성의 공간에 혼자 들어와 있는 기분은 황홀한 고독감에 가깝다. 시소 옆의 아이들은 모래로 성을 쌓던 모습 그대로 얼음처럼 굳어 있었고, 놀이터 밖의 행인들과 차들은 더 이상 전진을 하지 않은 채 같은 자리에 붙박인 듯 서 있었다. 맞은편 벤치에 앉아 있던 남자아이는 조금 전까지 자신을 훔쳐보고 있었던 모양이다. 야구 모자를 쓰고 고개까지 왼쪽으로 틀긴 했지만 그의 비스듬한 시선은 정확하게 이쪽을 향해 있었다.

숨죽인 채 최대한 조심스럽게 이 모든 상황을 살피던 미수는 문득 책장 끝에 닿아 있던 오른손 검지를 의아한 눈길로 내려다봤다. 손가락 끝의 물기는 책 때문인 듯했다. 비가 오는 것도 아니고 물을 흘린 적도 없는데 책장 여기저기가 아주 조금씩 젖어 있었다. 손톱으로 튕기면 책 페이지마다 숨어 있던 물방울들이 또르륵 굴러 나올 것만 같았다. 그러고 보니 재킷의 소매 밑단과 스니커즈의 신발 끈도 조금씩 젖어 들고 있었다. 턱을 살짝 들어 보았다. 평소처럼 서울의 냄새는 건조한 회색빛이었지만 그 밑바닥에서 희미하게 맡아지는 물 냄새가 완벽하게 은폐되는 건 아니었다. 하늘을 올려다봤다. 옅은 구름 사이로 누군가가 아랫배를 잔뜩 부풀린 채 있는 힘껏 입김을 불어넣고 있을 것만 같았다. 미수는 책을 덮어 숄더백에 넣은 뒤 벤치에서 일어나 앞을 향해 뚜벅뚜벅 걸었다.

정면에는 미끄럼틀이 있었고, 사선으로 기운 널빤지에는 밧줄 서너 개가 매달려 있었다. 미수는 헐거워 보이는 밧줄을 잡고는 단 두 걸음에 널빤지 위로 가뿐히 올라서서 잠시 주변을 둘러보았다. 여전히, 아무것도 움직이지 않았다. 미수는 곧 스테인리스 통으로 된 미끄럼대 속으로 주저 없이 두 다리를 집어넣었다. 벤치에 앉아서 볼 때는 경사도 완만하고 굴절도 없고 길이까지 짧은 평범한 미끄럼대였지만 그 안에서 미수는 오래오래 나선형으로 회전했다. 어느 순간부터 미수는 두 손으로 얼굴을 감쌌다. 비명인지 환호인지 구분하기 힘든 소리가 미수의 몸과 함께 통 안에서 돌고 또 돌았다. 마침내 두 다리가 다시 바닥에 닿았을 때, 미수는 조심스럽게 미끄럼대를 빠져나왔다.

뒤를 돌아보지 않고 앞만 보며 걸었다. 눈에는 보이지 않는 투명한 문이 나타날 때면 수긋이 고개를 숙여 낮은 자세로 그 문들을 통과했다. 끝까지 뒤를 돌아보지 않기 위해 미수는 내내 두 눈에 힘을 주고 있어야 했다. 이럴 때 뒤를 돌아보면 안 된다는 것쯤은 미수도 알고 있었다.

한참을 걸으니 시멘트 바닥이 끝나는 지점부터 흙길이 나왔다. 흙길의 초입은 풀과 야생화뿐이었지만 몇 발짝 더 들어가자 관목이 우거진 진짜 숲이 시작됐다. 놀이터 근처 원룸에서 2년 가까이 살아왔지만 한 번도 발견한 적 없는 숲이었다. 잔가지에 끊임없이 목과 손등을 긁히면서도 미수는 무작정 걸었다. 관목은 키가 컸고 나뭇잎은 겨울이라는 계절과 상관없다는 듯 푸르고 풍성했으며 그 사이로 햇살은 부드럽게 일렁였다. 바람이 한 번 불면 온갖 풀꽃들의 향기가 한꺼번에 밀려왔다. 그럴 때마다 미수는 발뒤꿈치를 살짝 올리고는 깊이 숨을 들이마신 뒤 하아, 하고 내뱉었다. 숲은 들어가면 들어갈수록 나무가 울창했다. 하얀 털로 뒤덮인 사슴이나 영험한 능력을 감추고 있는 외뿔 말과 마주친다 해도 그리 놀랍지 않을 것 같은, 신비로운 느낌의 숲이었다. 간간이 이름을 알

수 없는 새들이 모습은 드러내지 않고 그저 소리로만 살아 있음을 알리는 신호를 보내왔다. 날개가 없는 새들일 거라고 미수는 생각했다. 날고 싶은 욕구를 참고 또 참으며 오랫동안 같은 자리를 지켜 온 존재들이 낼 법한 쓸쓸한 소리였다.

언제부터인가 물 냄새가 짙어졌다. 걸음을 멈추었을 때, 미수 앞에는 나무들에 가려 있던 호숫가가 매혹적인 모습을 드러냈다. 호수를 발견하고 나서야 미수는 오후 4시의 놀이터가 어째서 테두리가 젖어 드는 사진 같았는지, 그리고 자신이 무슨 이유로 여기까지 걸어왔는지 헤아릴 수 있을 것 같았다.

미수는 무릎을 꿇고 상체를 앞으로 기울여 호수 수면에 최대한 가까이 얼굴을 대 보았다. 호수의 표면은 칼로 베어 낸 듯 매끄럽고 잔잔했으나 호수 안쪽엔 또 하나의 숲이 분주하게 흐르고 있었다. 보통의 호수는 아니었다. 자연의 질서를 따르는 대개의 호수엔 외부의 세계가 거꾸로 투영되지만 이 숲의 호수 속에선 하늘이 가장 가까운 곳에서 넘실거렸고, 숲은 좀 더 깊은 곳에서 출렁였다. 그래서인지 호수 안은 하나의 숲이 마치 위에서부터 아래로 곧장 수몰된 듯 보이기도 했다. 호수 속 숲, 그 숲 가운데 위치한 호숫가에 오도카니 앉아 있던 여자가 마침 고개를 들어 물끄러미 미수를 올려다봤다. 미수는 흘러내리는 갈색 머리카락을 귀 뒤로 넘기며 호수 수면에 한 뼘 더 가까이 다가갔고, 입을 맞추듯 입술을 오므려 부드럽게 입김을 불어 보았다. 호수 속 호숫가에 앉아 있던 여자는 갑자기 불어온 바람에 놀란 듯 더더욱 크게 두 눈을 깜박였다. 갑자기 호수 속으로 구름이 흘러들어 오면서 여자는 마치 구름 위에 앉아 미수와 눈을 맞추고 있는 것만 같았다.

구름 위에서 태어난 아이.

이 문구를 떠올리자 미수의 입가에는 자연스럽게 미소가 번졌다.

어렸을 적, 할머니는 구름 위의 아이에 대해 이야기해 주곤 했다. 부엌에서 아무리 맛있는 냄새가 나도 문을 열어 보지 못하고 굵은 침만 삼키고 있을 때나 극성스러운 사촌들에게 일방적으로 얻어맞은 후 구석에 앉아 울고 있을 때, 할머니는 미수를 무릎에 누이고는 상상 속에서 그 아이를 끄집어내어 보여 주었다. 사람은 모두 구름 위에서 태어난다고, 구름 위 상자 같은 작은 방 안에서 얼굴을 완성하고 심장을 만들고 손발을 꼼지락거리며 준비를 하다가 때가 되면 세상에 나오는 거라고 할머니는 얘기해 주었다. 할머니 무릎에 누워 그 이야기를 듣고 있는 동안은 숨을 턱턱 막히게 하는 열대야의 뜨거운 공기도, 창밖의 모든 피조물을 눈멀게 하는 한겨울의 거센 바람도 미수의 단잠을 막지 못했다. 서울에 있는 엄마가 자신을 영영 잊어버리고 말 거라는 공포감도, 할머니처럼 늙고 쭈글쭈글해질 때까지 삼촌네 부엌방에서 벗어나지 못할 것 같은 불안감도 한숨 자고 일어나면 까맣게 잊혔다. 한낮에는 사람을 기겁하게 만들던 벌레들도 잠을 자는 동안에는 꿈의 테두리만 사박사박 조심스럽게 기어 다녔다.

어느 날 잠에서 깨니 미수는 구름 위에 앉아 있었다. 구름은 순식간에 흩어졌고 구름에서 떨어진 미수는 재깍 양팔을 쭉 벌려 평형을 유지하며 계단들을 하나씩 밟아 갔다. 계단 끝은 협곡이었다. 협곡에 닿은 순간부터는 어디서도 배워 본 적 없는 헤엄을 치기 시작했다. 먼 곳에서 빛이 보였다. 미수는 그 빛이 있는 곳까지 헤엄쳐 갔다. 빛의 세계는 얇지만 단단한 막 하나를 사이에 두고 있었다. 온 힘을 다해 마침내 그 막을 뚫고 나온 순간, 그리고……

미수는 울기 시작했다.

누군가 울고 있는 미수를 덥석 안아 올렸다. 갑작스러운 환한 빛에 눈이 시려 와 감히 눈꺼풀을 들어 보지도 못하고 계속해서 울고 있는데, 부드러운 손 하나가 미수의 엉덩이를 톡톡 쳤다. 그제야 잠시 울음을 멈추고 가까스로 눈을 뜨자 미수보다 몇 배나 키가 큰 거인들이 보였다. 거인들은 미수의 언어를 몰랐고 작고 연약한 심장 속에 감추어진 그 순간의 감정을 해석하지도 못했다. 거인들은 놀란 미수를 달래 주는 대신 미수 주위를 둥글게 에워싼 채 주머니에서 시계 하나씩을 꺼냈다. 그건, 저마다 다른 시간을 가리키고 있는 그들 각자의 고유한 시계였다. 지나온 시간도, 앞으로 남은 시간도 제각각인 그 시계들을 이리저리 맞춰 본 그들은 셋을 센 후부터 미수의 인생이 시작되는 것으로 하자고 합의했다. 하나, 둘…… 그리고 셋.

찰칵.

바로 그 순간, 미수는 들었다. 지금 생각해 보니 그것은 태엽이 감기는 소리였다. 자기 몫의 시계 안에서 일정한 길이의 태엽이 작동을 시작하는 소리. 그 태엽의 길이만큼 살아갈 수 있다는 것은 아무도 일러 주지 않았지만 이미 터득하고 있었다. 누군가의 인위적인 힘으로, 혹은 예기치 못한 사건으로 중간에 태엽이 끊어지지 않는 이상.

현수처럼.

아직 태어나지도 않은 현수의 예정된 미래를 떠올리자 불현듯 크나큰 서러움이 밀려왔다. 미수는 더더욱 악을 쓰며 울어 댔다. 미수의 울음소리가 커지자 그때껏 다른 거인들에 가려져 있던 침대 위의 또 다른 거인이 사람들 사이로 얼굴을 내밀며 손짓을 해 보였다. 미수의 몸은 거대한 손에서 손으로 재빨리 옮겨졌다. 마침내 미수가 그 거인의 품으로 들어가자 그녀는 서슴지 않고 앞섶을 풀어헤쳐 미수에게 젖을 물렸다. 거인의 몸은 끈적끈적한 땀으로 젖어 있었지만 그녀의 젖만큼은 따뜻하고 달콤했다. 한참을 정신없이 젖을 빨다가 미수는 그녀를 빤히 올려다보았다. 그녀의 얼굴은 낯설지 않았으나 뚜렷하지도 않았다. 미수는 눈앞의 렌즈를 닦듯 손바닥을 좌우로 흔들어 보았다. 그녀를 자세히 보고 싶었다.

아니, 어쩌면 지워 버리고 싶었던 것일까.

호수 속으로 손을 넣어 이리저리 휘젓자 완성될 듯 완성되지 않던 그 거인 여자의 얼굴은 물방울과 함께 사라졌다. 이번에도, 아니 이번만큼은 그녀의 모습이 완성되는 것을 보고 싶지 않았다. 주변을 둘러보니 숲 속은 이미 어둑어둑해져 있었고 호숫가까지 이어지던 외길은 사라지고 없었다. 어두워진 숲 속엔 황홀한 빛깔의 꽃가루가 정령처럼 날아다녔고 아직 태양의 온기가 남은 황금빛 열매들이 투두둑 소리를 내며 바닥으로 떨어졌다. 앉은 채로 스니커즈를 벗고 청바지 밑단을 올린 후 호수 수면에 맨발을 대 보았다. 이내 발가락 끝에서부터 시작된 선뜩함이 전율처럼 온몸으로 퍼져 갔다. 미수는 눈을 꾹 감고 호수 속으로 두 다리를 깊이 담갔다. 셋까지 세고 난 뒤 이 안으로 들어가리라, 미수는 다짐했다. 하나, 둘. 다시.

하나.

둘.

그리고······.

숲의 바깥

셋, 까지 셌을 때 소년은 나지막한 신음 소리를 내뱉으며 번쩍 눈을 떴다.

잠에서 깨자마자 자리에서 일어나 맞은편 벤치부터 살폈지만 벤치는 그새 텅 비어 있었다. 시소 옆에선 볼이 붉은 아이들이 잠들기 전과 똑같은 모습으로 흙장난을 치고 있었으나 아무리 눈가를 비비며 보고 또 봐도 M은 시야에 들어오지 않았다. 11월 둘째 주의 토요일 오후 공기는 더없이 건조했다.

그런데, 나는 언제부터 M의 동선을 놓친 것일까.

기면증을 앓는 사람처럼 이렇게 아무 데서나 쉽게 잠드는 습관이 생긴 지는 꽤 오래되었다. 주로 새벽에 중국에 있는 보스와 메신저로 대화하며 처리한 업무에 대해 보고하고 다음 업무를 전달받곤 해서일 것이다. 소년은 문득 미끄럼틀 쪽을 쳐다봤고 천천히 그곳으로 걸어갔다. 미끄럼틀 위에 올라서서 통으로 된 미끄럼대 안으로 몸을 구겨 넣을 때는 관목이 우거진 울창한 숲과 인적 없는 호숫가를 기분 좋게 상상해 보기도 했다. 몇 초 되지도 않아 소년은 스테인리스 통을 다 내려왔다. 통을 나오자 놀이터 너머 교회와 아파트 단지가 시야에 들어왔다.

이곳은 어떤 던전(dungeon)일까. 내가 온몸을 던져 승부를 겨뤄야 하는 운명의 적수들은 모두 어디에 있는 걸까.

소년은 사방에서 불어오는 초겨울의 바람을 맞으며 집요하게 주변을 두리번거렸다. 아무도 없는 대초원에서 절대적인 명령을 수행하기 위해 올바른 길을 선택해야 하는 외골수의 전사가 된 기분이었다. 오늘의 유저(user)라면 이 상황을 정확하게 파악하여 올바른 지령을 내려 줄지도 모른다.

닷새 만의 외출이었다.

닷새 만에 원룸 건물을 나오기 전, 소년은 여러 계획을 세웠다. 함께 버스에 오르게 되면 반드시 그 뒷자리에 앉아 M의 흰 목덜미를 오래오래 건너다볼 생각이었다. M이 식당으로 들어가면 그 뒤편 테이블에 자리를 잡고는 M의 것과 똑같은 음식을 시켜 놓고 오랜만에 누군가와 함께하는 식사 시간을 가져 보려고도 했다. 일부러 물컵을 떨어뜨린 후 M에게 티슈를 들이밀면서 은근슬쩍 그녀의 몸에 손을 대 보는 것도 나쁘지 않을 터였다. M이 믿고 의지하는 친구나 동료를 목격하게 될지도 몰랐다. 그들에게 소년은 그저 지나가는 행인들 중 한 명에 불과하겠지만 소년은 그들의 인상착의를 기억해 두었다가 어울릴 만한 닉네임을 붙여 주려고도 했다. 그중에서도 M이 극장에서 혼자 영화를 보는 장면을 상상할 때 소년은 가장 즐거웠다. M의 바로 옆자리에 앉을 마음은 없었다. 그건, 예상치 못한 위험이 따를 수도 있는 다소 높은 레벨의 퀘스트(quest)였다. 소년은 그저 M의 숨소리를 느낄 수 있을 정도의 거리, 딱 그 거리만큼 떨어진 좌석에 앉아 조용히 팝콘이나 씹어 먹으며 영화다운 영화를 보고 싶었을 뿐이다. 극장을, 소년은 한 번도 가 본 적이 없다.

다소 쌀쌀한 바람 속에서 오래 기다렸지만 이번에도 지령은 떨어지지 않았다. 상관없었다. 오늘도 보통의 다른 날들처럼 조금, 운이 없는 것뿐이다. 게다가 오늘은 오늘의 미션이 따로 있었다. 어제 가 보니 708호엔 여분의 화장지가 두 개밖에 남아 있지 않았다. 화장실 콘솔 안에 덩그러니 놓인 두 개의 화장지를 본 순간, 소년의 머릿속엔 그 모든 것이 하나의 장면으로 고스란히 저장되었다.

소년은 곧 놀이터를 나와 마트 쪽으로 방향을 잡았다.

소년이 M에게 줄 수 있는 선물은 그리 많지 않다. 비누나

치약처럼 눈에 띄는 생필품은 갖다 놓을 수 없다. 과일이나 라면도 마찬가지다. 혼자 사는 원룸에서 사 놓지도 않은 비누나 치약, 과일이나 라면을 발견하고는 산타클로스가 왔다 갔다며 좋아할 사람은 없을 것이다. 고마워하기는커녕 의아해할 것이다. 아니, 의아해할 겨를도 없이 공포감에 먼저 짓눌릴 게 뻔하다. 화장지 두 개 정도는 괜찮지 않을까. 소년은 스스로에게 타진해 봤다. 아무도 화장실 콘솔이나 선반 아래 쌓아 놓은 화장지 개수를 외우고 살지는 않을 테니.

어느새 마트로 이어지는 길목이 시작되고 있었다. 진짜 게임은 이제부터다. 마침 운동화 끝에 빈 콜라 캔이 차이면서 게임의 시작이 사운드로 전해졌다. 소년은 일단 주변부터 살폈다. 아무도, 소년을 눈여겨보지는 않았다. 소년은 청각만 유난히 발달한 예민한 엘프처럼 소리에만 집중하며 토요일 오후의 거리를 다시 걷기 시작했다. 소년 자신이 플레이어가 되는 게임은 대개 같은 룰을 따랐고 그 룰은 이 세상의 어떤 게임보다 단순하다. 여러 방해물을 뚫고 최대한 고요하게 목적지까지 도달하여 아무런 의심도 받지 않은 채 아이템을 획득하는 것, 이것이 전부였다. 돌발적인 짓을 하지 않아야만 소년은 존재할 수 있다. 보이지 않는 무수한 유저들이 소년에게 그렇게 입력해 놓았다. 어차피 소년을 증명해 줄 수 있는 것은 아무것도 없다.

아직까지, 소년은 잘 참아 왔다.

마트로 향하는 길에서는 소년의 눈에만 보이는 여러 표지판들뿐 아니라 갖가지 방해물들도 언뜻언뜻 나타났다. 가장 위험도가 높은 방해물은 한 달 전까지 일주일에 두세 번씩 피자를 배달시켜 먹던 동네 피자 가게였다. 언젠가 이 앞을 지나가다가 오토바이 피자 배달원의 인사를 받은 후로 다시는 배달을 시키지 않았지만, 그 배달원에게 할당된 기억의 용량을 알지 못하는 이상 이 지점에선 반드시 주의해야 했다. 점프 버튼을 이용하기로 했다. 점프 버튼을 누르자 소년의 몸은 허공으로 붕 떠올라 피자 가게 앞을 쏜살같이 지나쳤다.

드디어 목적지가 눈앞에 보였다. 마트에 발을 들여놓기 전엔 언제나처럼 챙이 코끝에 닿을 만큼 야구 모자를 깊이 내려쓰고 크로스 백의 줄을 다잡았다. 크로스 백에는 아직 고객에게 배달되지 않은 서너 개의 주민등록증과 운전면허증, 여권 등이 들어 있다. 그중에서도 소년이 가장 아끼는 신분증은 당연히 신현수의 이름이 기재된 주민등록증이다. 크로스 백 어딘가에 잘 끼워져 있을 아홉 개의 신용카드와 각기 다른 이름으로 가입된 네 개의 휴대폰, 다섯 개의 통장도 유사시에는 보호막이 되어 줄 것이다. 가방 안쪽으로 더 깊숙이 손을 집어넣는다면 누군가의 호적, S기업 재직 증명서, 3개월 전에 치른 것으로 되어 있는 토익 성적표 같은 서류들이 딸려 나올지도 모르겠다. 그러니까 지금 소년의 크로스 백 안에는 적어도 서른 명 정도의 사람들을 증명할 수 있는 각종 신분증과 서류, 신용카드 등이 들어 있는 것이다.

소년은 그들 중, 그 누구도 아니다.

어제는 S사의 신용카드를 두 번이나 사용했으니 오늘은 다른 회사의 신용카드로 계산하는 것이 안전할 것이다. 소년은 크로스 백에서 L사의 신용카드를 미리 꺼내 뒷주머니에 넣은 뒤 마트 안으로 발을 들여놓았다. 먼저 여덟 개들이 화장지 한 묶음을 플라스틱 장바구니에 담았고 소년 자신에게 필요한 라면 네 봉지와 콜라 캔 한 팩도 챙겨 계산대 쪽으로 다가갔다. 마침 소년의 귓바퀴 뒤에서는 타이머가 작동을 시작했다. 1:00, 0:59, 0:58……. 마트 점원이 계산대에 올려진 물건들에 바코드를 갖다 대는 동안 소년은 땀에 젖은 손바닥을 청바지에 쓱 문질러 닦은 후 주섬주섬 뒷주머니에서 신용카드를 꺼냈다. 9800원입니다. 점원의 말이 떨어지기 무섭게 소년은 신용카드를 내밀었다. 신용카드가 리더기에 읽히고 있는 바로 이 순간이 소년은 가장 싫다. 성공 혹은 실패. 반드시 둘 중의 하나로 결정된다는 것이 피할 수 없는 운명이란 걸 알면서도 소년은 이럴 때마다 이 모든 장면을 강제로 종료한 후 멀리멀리, 화면 밖 유저들이 볼 수 없는 시간의 사각지대로 달아나고 싶어진다. 소년은 초조한 기색을 감추기 위해 속으로 숫자를 세기 시작했다. 하나, 둘. 다시.

하나······.

둘······.

셋, 까지 세자 마트 점원이 상긋 웃으며 서명을 부탁해 왔다. 소년은 꾸부정하게 선 채 전자 패드에 서명을 했다. 서명이 끝난 후 영수증이 출력되는 소리를 듣고 나서야 소년은 시야 오른편에 새겨지는 한 줄의 자막을 발견했다. "0:00. You win. Game over." 영수증을 건네받은 소년은 점원의 인사도 받지 않고 서둘러 비닐 봉투를 챙겨 마트의 유리문을 활짝 열어젖혔다. 두 번째 골목으로 접어들면서부터는 달리고 또 달렸다. 하나의 게임은 무사히 끝났지만 또 다른 게임이 이미 시작되고 있었다.

그 누구와도 말도 섞지 않고 시선도 교환하지 않은 채 407호까지 안전하게 돌아가는 것, 게임의 법칙은 변하지 않는다.

*

현관 오른편에 있는 화장실로 들어가 좌변기 위에 설치된 콘솔을 무심코 연 순간, 미수의 얼굴에 잠시 미소가 번졌다. 미수는 화장지 하나를 꺼내 이리저리 살펴봤다. 새 화장지는 미수가 미리 사 놓고 쓰던 것과 같은 상표였다. 세심한 구석이 있었다. 지난번엔 세탁용 세제가 20퍼센트 정도 늘어나 있었고 그 이전엔 샴푸 통이 묵직하게 무거워져 있었다. 면봉의 개수가 는 적도 있고 거의 다 비어 가던 생수용 페트병에 새 생수가 담긴 적도 있다. 한 달 전엔 생각날 때마다 꺼내 먹는 불투명한 갈색 병 안의 비타민제가 수를 불리기도 했다.

아무래도 윤은 자신이 알던 것보다 훨씬 더 소심한 사람인 것 같다는 생각이 들었다. 그가 조금만 더 대범한 사람이라면 스프링이 헐거워진 매트리스를 바꿔 주거나 식탁 의자의 틀어진 다리 하나를 고쳐 주었을 것이다. 두루마리 화장지가 두 개 더 생겨서, 혹은 쓰던 세제나 샴푸의 양이 늘었다고 해서 먼저 다가가 고맙다고 말하기는 다소 쑥스러웠다. 게다가.

게다가, 알고 있다.

윤은 그런 식의 인사가 싫어서 미수가 눈치채지 못할 거라는 계산하에 이토록 사소하고도 눈에 띄지 않는 물건만을 갖다 놓고 있는 것이다. 아니, 윤이 피하고 싶어 하는 것은 어쩌면 단순히 고마운 마음이 아니라 그 고마운 마음을 빌미로 시작될 수도 있는 미수의 집착일지도 모른다. 미수는 언제까지고 윤의 배려를 배려할 생각이었다.

미수는 클렌징 오일을 화장 솜에 묻히려다가 새 화장지를 뜯어냈다. 클렌징 오일이 묻은 퍽퍽한 화장지로 화장을 지우며 미수는 주의 깊게 화장 솜의 개수를 셌다. 열아홉 개가 남아 있었다. 다음번에 윤이 이 방에 줄 선물은 화장 솜일 가능성이 크다. 미수는 상자에서 화장 솜을 다섯 개나 꺼내 세면대 거울과 손의 물기를 닦는 데 사용했다.

화장실에서 나온 후엔 창가에 놓인 식탁으로 걸어가 노트북 바탕 화면에서 음악 파일을 클릭했다. 이내 귀에 익은 음악이 흘렀고 방 전체가 음악에 반응하듯 조금씩 수축과 팽창을 반복했다. 이제 이 방은 음악 없이는 한순간도 완전해지지 않는다.

주변에 원룸 및 오피스텔 전용 건물이 다닥다닥 붙어 있어서 햇빛이나 외부의 공기와 잘 섞이지 못하는 이 수줍음 많은 방이 처음부터 음악에 길들여졌던 건 아니다. 오히려 이 방은 정적 속에 고요히 숨어 있는 것에 더 익숙했다. 고요 이상의 적막까지도 향유할 줄 알았던 오래전의 이 방은 텔레비전이나 라디오 없이도 외로움을 호소하지 않았고 복도를 지나가는 조심스러운 발소리에도 민감하게 반응하며 안으로 움츠러들곤 했다. 바로 옆방에 커플이 살 땐 시도 때도 없이 들려오는 신음 소리에 놀라 자주 허둥댔고, 어딘가에서 시작된 때리고 부수는 소리가 벽을 타고 진동으로 전해지는 날엔 끊임없이 미수의 청각을 자극하여 밤새도록 잠 못 이루게 하기도 했다. 미수는 조금씩 이 방을 닮아 갔다. 젊은 여자가 갑자기 꽥 고함을 지르고 누군가 흐느껴 울거나 대화도 없이 혼자서 계속 웃어 대기만 하는 문밖의 소리는 수많은 방들의 구조와 그 방들에 깃든 타인들의 삶을 상상하도록 이끌었지만, 그럴 때면 미수는 문을 열고 복도로 나가는 대신 방바닥에 납작 엎드려 숨을 죽였다. 누군가의 체온이 필요한 순간들이었다. 방은 끝까지 감추어 둔 심장의 온기를 전해 주지는 않았지만 아주 간혹, 사려 깊고 낭만적인 면모를 드러낼 때도 있었다. 작년 장마 땐 일부러 천장의 배수관 하나를 터뜨려 미수 대신 뚝뚝 눈물을 흘려 주었고, 여름과 가을 사이의 많은 밤들엔 주변에서 온갖 벌레들을 데려와 기분 좋은 노래를 들려주었다.

이 방이 정적을 두려워하기 시작한 건 윤과 헤어진 후부터였다. 방 구석구석에 의미를 완성하지 못한 언어들이 잘못 배달된 소포들처럼 굴러다니던 때였다. 매트리스나 식탁 의자에 앉아 한참을 불가해한 시선으로 지켜보다가 손가락을 들어 가벼운 마음으로 톡, 톡 터뜨려 봤는데 그대로 오물이 쏟아져 나와 미수를 어리둥절하게 했던 지독한 악취의 언어들. 우연일 수도 있겠지만 윤이 이곳을 드나든다는 것을 알게 된 이후로 이 방을 병들게 하던 악의적이고도 쓸모없는 혼잣말들은 조금씩 사라져 갔다. 윤으로 인해 생긴 환부가 윤이 채워 놓는 물건들로 치유되고 있는 셈이었다.

미수는 식탁 의자에서 일어나 가로로 세 걸음, 세로로 다섯 걸음이면 끝과 끝에 다 닿을 수 있는 방 안을 걷고 또 걸었다. 처음 부동산 중개인을 따라 이곳에 찾아왔던 작년 봄, 145리터짜리 냉장고와 7킬로그램용 드럼 세탁기, 하얀색 미니 싱크대와 벽걸이용 에어컨이 구비된 이 방에 미수는 단박에 매료됐다. 계약을 마친 후부턴 한동안 이 방에 어울리는 가구나 소품을 찾는 데 열중했다. 침대 프레임을 뺀 매트리스, 책상으로도 사용할 수 있는 2인용 식탁, 서랍이 많은 한 칸짜리 옷장, 이동식 행거, 조립용 수납 박스들……. 반면 책장과 신발장, 텔레비전과 소파 같은 건 주저 없이 구입 목록에서 제외했다. 대신 창문 아래에 선반을 달아 책들과 장식품을 올려놓았고 라면 박스 하나를 방수 비닐로 꼼꼼하게 싸서 차곡차곡 신발들을 넣어 두었다. 텔레비전은 보지 않으면 그만이었고 소파 없이도 앉아서 몽상하거나 사색할 곳은 충분히 많았다. 다섯 평이라지만 실평수가 세 평도 채 되지 않는 작은 원룸에 사는 사람은 장서 소장가나 고가구 애호가, 혹은 슈즈 콜렉터를 꿈꾸어서는 안 된다.

  형광등을 껐다. 방과 현관 사이의 문턱은 미수가 이 방에서 가장 좋아하는 지점이었다. 미수는 곧 문턱에 앉아 두 손을 현관 쪽으로 내밀어 새 모양을 만들어 보았다. 할머니 방에서 현수에게 보여 주곤 하던 그 새였다. 장난감 하나 없는 그 방에 하루 종일 갇혀 있다 보면 현수는 자주 뻗대거나 울었고 미수는 뭘 해서라도 현수를 웃게 해 줘야 했다. 보안등이 켜겼다. 노래할 줄 모르는 새는 현관 바닥에 나타나 부드러운 날갯짓을 하다가도 금세 미수의 방 저편 숲 속으로 잠적했다. 새가 잠시 갔다 오는 그 숲은 세계의 끝일 것만 같았다. 아마도 은백색 가지로 사랑을 속삭이는 나무들이 살고 있을 것 같은 숲, 그런 곳. 보안등이 다시 꺼겼다, 켜겼다. 미수는 졸음이 올 때까지 계속해서 숲에서 새를 불러왔고 다행히 새도 지치지 않고 미수의 방을 방문해 주었다.

*

윤은 수백 개의 정사각형 조각 거울과 여덟 개의 고급스러운 샹들리에가 부착된 천장을 가만히 올려다봤다. 천장의 거울로 대리석 바닥에 서 있는 자신을 비춰 보면 거꾸로 매달려 고문을 받고 있는, 몸에 비해 얼굴만 거대한 나약한 생명체가 연상됐다. 자신이 왜 고문을 받아야 하는지조차 이해하지 못한 채 언제나 의아한 표정으로 고통을 감내하고만 있는 어수룩한 존재. 물론 윤 혼자만 그렇게 우스꽝스러운 모습을 하고 있는 건 아니다. 천장의 거울로 보면 로비를 오가는 모든 사람들이, 로비에 놓인 안내 데스크와 그 데스크 안쪽에 서 있는 미수도 거꾸로 매달린 모습이 될 수밖에 없었다. 오늘도 미수는 빌딩 안내원의 유니폼이라 할 수 있는 하얀색 투피스를 차려입었고 머리칼을 하나로 묶어 올렸으며 입술은 자줏빛이었다.

마네킹.

미수를 처음 봤을 때 윤이 받은 인상은 마네킹, 그 이상도 이하도 아니었다. 미수는 빌딩의 귀빈이나 안면이 익은 사무실의 간부들에게 허리를 굽혀 무언의 인사를 할 때를 제외하곤 좀처럼 움직이지 않았다. 의자에서 일어나는 일도 드물었다. 그녀가 해야 할 일은 사실 인사가 아니라 안내였지만 빌딩 안내도가 층마다 마련되어 있고, 로비 한쪽에 각각이 사무실들과 자동으로 연결되는 내선 전화기가 설치되어 있는 이 빌딩에서 빌딩 안내원인 미수를 찾는 사람은 그리 많지 않았다. 아니, 거의 없었다. 미수와 만나는 동안 윤은 자주 그녀의 겨드랑이에 손을 집어넣고 간지럼을 태우곤 했다. 마네킹 같은 그녀도 웃는 법을 아는지 궁금해서였을 것이다. 의외로 미수는 잘 웃었다. 미수가 웃으면 그 순간만큼은 아무것도 생각나지 않았다. 아무것도, 생각하지 않아도 되어서 좋았다.

물론 마네킹 같은 미수도 자신에 비한다면 해야 할 일이 분명한 축에 들어간다는 것을 윤도 안다. 윤은 미수처럼 인사조차 할 필요가 없었다. 그저 허리선이 매끈하게 떨어지는 검은색 양복을 입고 한쪽 귀엔 무전기의 이어폰을 꽂은 채 빌딩 내 구석구석을 돌아다니는 것, 이것이 윤이 하는 일의 전부라 해도 무방했다. 간혹 빌딩 관리 팀을 통해 카드사나 보험사의 영업 직원들을 내보내 달라는 요청을 받긴 했지만 그런 일은 정말 드물었다. 잘 차려입긴 했어도 자세히 보면 약간 올라간 바짓단이나 반 정도 지워진 립스틱처럼 어딘가 허점을 보이던 영업 직원들은 윤이 별다른 조치를 취하지 않아도 순순히 이 빌딩을 빠져나갔다. 오히려 윤은, 로비 창가에 오랫동안 기운 어깨로 서 있다가 실적 하나 올리지 못했을 서류 뭉치를 챙겨 조용히 이 빌딩을 나서는 영업 직원들에게 뜨거운 커피 한 잔을 건네고 싶을 때가 더 많았다.

하루 종일 빌딩 옥상이나 비상구 계단처럼 사람들의 눈에 띄지 않는 곳에 숨어 있다 해도 윤은 무탈할 터였다. 사람들은 윤의 동선 같은 것에 관심이 없었고, 하루 여덟 시간 이상씩 같은 빌딩에 머물고 있다는 것을 의식조차 하지 못하는 경우도 많았다. 아무도 윤에게 지금 당장 처리해야 하는 미해결 업무를 떠맡기지 않았다. 더 빨리 움직이라고 채근하는 사람도 없었고 근무시간에 비례하는 질 높은 노동력을 산출해야 한다고 요구하는 사람도 없었다. 강도나 도둑을 막는 것, 혹은 그들을 잡아서 단죄해야 한다는 계약서상의 을의 임무는 늘 가상의 차원일 뿐이었다. 강도나 도둑이 이 빌딩을 침입할 가능성은 사실상 제로에 가까웠기 때문이다. 폐쇄 회로 카메라는 적재적소에 너무도 충분히 설치되어 있었고 S사의 무인 경비 시스템은 인근 경찰서들과 바로 연결되어 있으며 거의 하루 종일 '순찰 중'이라는 팻말을 내건 채 자리를 비우기는 하지만 엄연히 수위도 따로 있었다. 게다가 이 빌딩의 모든 창문은 강화 통유리로 되어 있으므로 창문을 통하여 잠입을 시도하는 것도 불가능하다. 윤은 자신이 전쟁이 단 한 번도 일어난 적 없는 어느 평화로운 국가의 예비역 같기도 했고, 승률 낮은 불운한 야구 팀의 만년 후보 선수처럼 느껴지기도 했다. 아니, 내 심장이 뛰고는 있는 걸까. 이 빌딩의 안전성을 홍보하는 전시품이라고 하는 것이 더 정확하지 않을까. 윤이 소지하고 있는 금속 탐지기와 무전기, 가스총처럼. 금속 탐지기는 대체로 오프 상태이고 무전기로 업무를 지시받는 경우는 거의 없으며 가스총엔 가스가 한 줌도 들어 있지 않다는 걸 아는 사람은 그리 많지 않다. 윤과 또 다른 보안 요원, 그리고 미수가 다였다.

대부분의 회사들이 출근 시간으로 정해 놓은 아침 9시가 지나자 로비는 조금씩 한산해졌다. 이 빌딩은 18층짜리다. 5년 전 외국의 유명 건축가가 설계했다는 이 18층짜리 빌딩엔 대기업 이름이 달린 연구소와 컴퓨터 프로그램 개발 업체, 정확히 무슨 일을 하는지 알 수 없는 정부 산하기관 등이 입주해 있다. 지하 1층은 고급스러운 레스토랑과 다국적 브랜드의 커피숍, 그리고 주로 외국에서 직수입한 물건들만 판매하는 소규모 쇼핑몰로 채워져 있고 지하 2층부터 4층까지는 주차장으로 이용되고 있다. 출퇴근 시간과 점심시간이면 엘리베이터를 타고 오르내리는, 이 빌딩에서 일하고 먹고 마시고 즐기는 사람들을 잠깐이나마 볼 수 있지만 아직까지 말을 트고 이름을 알게 된 이는 없다.

윤은 다시 천장을 올려다보았다. 1층 위에 2층, 2층 위에 3층, 3층 위에 4층, 그렇게 18층까지 마치 레고 블록처럼 정교하게 이어져 있는 이 빌딩의 안쪽이 그대로 투시되는 것 같았다. 각 층에는 평균 예닐곱 개의 사무실이 있고 그 모든 사무실에서는 열 명 내외의 사무원들이 일하고 있으며 그 사무원들에게는 책상과 컴퓨터, 그리고 전화기가 하나씩 배당되어 있다. 사무원들은 컴퓨터 화면을 들여다보며 새로운 정보를 입력하여 서류를 출력하고 일렬로 서서 복사를 하고 같은 자세로 앉아 사회적인 통화를 한다. 그들은 끊임없이 회의를 하고 커피를 물처럼 마시고 신문이나 시사 잡지를 정기 구독하고 업무의 성과와 일해 온 연차에 따라 승진을 하거나 연봉을 협상한다. 살아 있는 그들, 빠르고 정확하게 작동하는 시계를 차고 있는 사람들. 유리문을 열고 나가면 광화문 일대에만 이와 비슷한 빌딩들이 수십 개, 아니 수백 개는 더 있다는 사실이 윤은 번번이 믿어지지 않는다.

미수가 이쪽을 쳐다본다.

윤은 황급히 유리문 밖으로 시선을 돌리며 뒷주머니에 넣어 둔 무전기를 꺼내 만지작거렸다. 처음엔 미수가 예뻐서 관심이 갔고 그 후엔 따뜻해서 사랑했다. 자주, 사랑하고 싶었다. 언제부터인가 윤은 미수를 보는 게 괴로워졌다. 뺨 한쪽 비빌 가족도 없이 통풍과 채광이 형편없는 원룸에서 비좁게 사는 현실이, 무언가 견뎌야 할 일이 생길 때마다 숫자를 세는 것 외엔 아무것도 할 줄 모르는 답답한 성격과 수없이 고개 숙여 인사하지만 그 인사를 되받지는 못하는 인사법도, 심지어 빌딩을 오가는 사람이라면 누구나 볼 수 있는 그녀의 희고 가는 종아리까지 모든 게 괴로웠다. 그 괴로움이 그녀가 자신과 닮아서라는 걸 깨달은 이후로는 설명할 길 없는 화가 불쑥불쑥 치밀기 시작했다. 화를 냈다. 너무 많이 화를 냈다. 전화를 하다가도, 같이 밥을 먹거나 잠을 자다가도 윤은 특별한 이유 없이 화를 냈다. 미수가 이유를 물으면 언제나 제대로 된 해명도 없이 먼저 등을 보이며 그녀로부터 멀어졌다. 언제부터인가 미수는 자신의 맥락 없는 화에 대응도 잘 하지 않았다. 분명 따져야 할 상황인데도 모든 것을 이해한다는 듯한 눈빛으로 윤을 대했다. 때때로 그 눈빛을 견딜 수가 없었다. 사랑으로 위장된 동정을 구체화한 무언가가 있다면 그런 눈빛일 것만 같았다. 더 화가 났다. 화가 나서 견딜 수가 없었다. 화가 나서 화를 내고 나면, 미수의 무반응에 또다시 화가 나는 식이었다. 그렇게, 미수와의 연애는 끝났다. 끝날 수밖에 없는 연애였다.

유리문 쪽으로 걷다가 흘끗 뒤를 돌아보니 미수의 시선이 여전히 이쪽을 향해 있었다. 익숙한 괴로움이 밀려왔다. 이럴 땐 아예 자리를 옮기는 게 가장 좋은 방법일 것이다. 윤은 무전기 이어폰을 더 단단히 귀에 꽂은 뒤 로비를 가로질러 비상구 쪽으로 걸어갔다. 이 시간의 빌딩 옥상이라면 아무도 없을 것이다. 옥상까지 가려면 342개의 계단을 건너가야 한다. 어렸을 때부터 달리기만큼은 누구에게도 지는 법이 없었던 윤에게 342개의 계단을 오르는 건 힘든 운동 축에 끼지도 않았다. 오히려 오랜만에 격하게 뛰는 심장을 온몸으로 느낄 수 있겠다는 생각에 설레기까지 했다. 지난번엔 3분 45초 만에 정상에 올랐다. 이번엔 3분 30초의 벽을 깰 수 있을지도 모른다. 윤은 비상구 안으로 들어가 경중경중 제자리 뛰기를 하며 몸을 풀다가 휴대폰을 꺼내 스톱워치 기능을 실행했다. 하나, 둘. 다시.

하나…….

둘…….

셋, 까지 센 순간 윤은 뛰기 시작했다.

계단을 오를수록 먼 곳에서 시작된 기억이 점점 더 구체적으로 보이고 들리고 느껴졌다. 스타트를 알리는 호각 소리, 자기 몫의 레일, 결승점에 가장 처음 닿던 순간의 전율, 박수, 휘파람, 기록이 나오기 전까지 이어질 수밖에 없는 초조한 숨소리, 기록과 순위를 피켓에 써서 들어 보이던 선배들, 아마추어 선수들끼리의 싱거운 농담과 뜨거운 악수……. 손을 뻗으면, 정말로 만져질 것만 같은 그 모든 것. 18층을 지나 마침내 옥상으로 이어지는 철문을 밀치며 빌딩 밖으로 나온 윤은 등허리를 수그린 채 휴대폰을 꺼내 시간부터 확인했다. 조금, 웃었다.

고개를 들어 정면을 응시했다. 옥상의 바람은 여느 때처럼 차고 셌다. 난간 쪽으로 걸어가 그 위에 걸터앉은 채 주춤주춤 재킷 안쪽에 손을 넣어 보자 엑스 자 모양의 가죽 밴드에 끼워 둔 가스총이 만져졌다. 슬쩍 가스총을 빼 든 윤은 고도의 훈련을 체계적으로 받은 특수 요원처럼 이내 날렵하게 이리저리 움직이며 빌딩 밖, 눈에 보이는 모든 곳을 향해 조준을 해 보았다. 표적이 된 줄도 모르는 적을 상대하는 건 역시나 재미가 없었다. 시시하다, 중얼거리며 윤은 손안의 가스총을 부서질 듯 세게 그러쥐었다.

*

　몇 개의 투명한 문들을 열고 나오자 이곳이었다. 투명해서 보이지 않아야 하는데도 문이 있다는 것이 느껴졌다. 미수는 몇 번이나 뒤를 돌아봤다. 저렇게 투명한 문들을 이전에도 지나온 적이 있다는 기시감 때문이었다.

　흘끗흘끗 뒤를 돌아보며 걷던 미수는 문득 시선을 발끝에 고정한 채 오른발과 왼발을 차례로 들어 보았다. 볼륨감 좋은 침대나 소파처럼, 혹은 말랑말랑한 젤리 위처럼 구두 굽 모양이 그대로 남아 있는 게 보였다. 이상하다. 미수는 중얼거렸다. 그러고 보니 시야에 들어오는 사물들의 실루엣은 중간중간 끊어져 있었고 귀에 들려오는 소리는 분절되지 않은 채 하나의 덩어리로 미수의 몸을 통과했다. 마치 한 번도 열린 적 없는 누군가의 머릿속 같기도 했다. 마지막 문을 지나오고 나서야 미수는 깨달았다.

　이곳은, 윤의 세계였다.

　안내 데스크뿐 아니라 로비를 채우던 설치 조각품과 소파, 테이블 등도 지워지고 바쁘게 오가던 사람들도 사라지고 없었다. 그저 차가운 바람만 나부끼는 황량한 공터일 뿐이었는데, 어느 순간부터 저쪽에서 낯익은 풍경이 조금씩 드러나기 시작했다. 소음을 내며 돌아가는 거대한 환풍기와 푸른색 물

탱크, 끊어진 채 버려진 전깃줄과 출처를 알 수 없는 배수관, 빈 페트병이나 담뱃갑 같은 자잘한 쓰레기들……. 빌딩 옥상이 배경인 듯했다. 막 연인이 되었을 무렵, 점심시간에 윤을 따라 여러 번 왔던 곳이다. 이곳에서 미수는 윤과 함께 난간에 나란히 기대선 채 김밥이나 샌드위치를 나눠 먹었고 테이크아웃 커피를 마셨다. 그러고도 시간이 남으면 미수는 윤에게서 가스총을 뺏어 와 이리저리 살펴보다가 어설픈 본드 걸 흉내를 내기도 했고, 윤은 미수의 몸에 막무가내로 금속 탐지기를 들이밀며 장난을 치기도 했다. 그런 날이면 미수는 18층 아래에 펼쳐진 세상이 하나도 겁나지 않았다.

시선의 끝엔 역시나 윤이 있었다. 윤은 가스총으로 난간 밖 어딘가를 조준하고 있었다. 용기를 내어 그의 이름을 불러봤지만 목소리는 목 안에서만 빙글빙글 돌 뿐, 공기와 마찰을 일으키며 파동을 만들지는 못했다. 이번엔 윤 쪽으로 주춤주춤 다가가 보았다. 그의 눈동자는 동요하지 않았고 표정에도 변화가 없었다. 윤이 자신을 보지도 못하고, 목소리조차 들을 수 없다는 것을 깨닫자 오히려 마음이 편해졌다. 미수는 타이트한 하얀색 투피스를 조금 올리고 윤 바로 옆자리 난간에 걸터앉았다. 발가락뿐 아니라 몸 전체를 꽉 죄어 오던 7센티미터의 검은색 하이힐을 벗으니 두 발이 바닥에 닿지 않았다. 미수는 두 다리를 엑스 자로 꼬아 조금씩 흔들며 고요하게 윤과 눈을 맞추었다.

 꿈속에서도 길을 잃을 수 있는 걸까.

 순간적이었지만, 미수는 윤의 눈동자가 젖어 있는 것을 본 것 같았다. 눈가를 비비고 또 비볐다. 미수가 아는 윤은 자신의 감정을 표현하는 데 인색한 사람이었다. 그는 미수 앞에서 눈물을 보인 적이 없고 감정과 관계된 단어를 쓰는 일조차 거의 없었다. 그는 주로 화를 냈다. 아니, 딱 한 번 그의 눈물을 볼 뻔한 적은 있었다. 미수는 지금도, 그날 윤을 남겨 두고 그의 방을 먼저 떠나온 것이 최선이었는지 자신할 수 없다. 외면한 덕에 윤의 눈물까지는 보지 않아도 되었지만, 보지 않았기 때문에 더 자주 상상되었다. 상상 속에서 윤이 울면 고통이 시작됐다. 그러나 실체 없는 고통의 분량이란 언제나 모자라거나 넘칠 수밖에 없다는 걸 미수도 모르진 않았다.

 그날, 미수는 윤의 방에 갔다. 만나는 동안 윤은 여러 번 미수의 방을 찾아왔지만 미수가 그의 방을 방문한 건 그날이 처음이었고 또한 마지막이었다. 운 좋게도 그날은 둘 다 비번이었고 날씨는 화창했다. 윤의 옥탑방은 미수의 방보다 좀 더 컸지만 그래 봐야 가로로 다섯 걸음, 세로로 여섯 걸음 반이면 다 걸어 다닐 수 있었다. 그곳에 들어선 순간 미수는, 그 방과 그 안에 들어 있는 가구나 전자 제품들이 윤에게는 장난감 같다고 생각했다. 윤은 미수보다 15센티미터나 키가 컸다. 마치 소인국을 방문한 선량한 거인처럼 윤이 그 방에서 아주 약간씩 어깨와 등허리를 숙인 채 인터넷을 하고 밥을 먹고 잠을 자는 모습이 저절로 연상됐다.

윤이 맥주를 사러 밖으로 나간 사이, 그 방의 구석구석을 구경하던 미수가 책상 밑에서 발견한 건 검은색 파일 케이스였다. 조심스럽게 케이스를 열자 졸업 증명서와 성적 증명서 등이 눈에 들어왔다. 각각의 서류엔 윤의 이름과 전공, 그리고 어떤 대학의 로고도 찍혀 있었다. 미수는 그 서류들을 몇 번이나 보고 또 보았다. 서류들에 프린트된 이름은 윤이 맞는데 대학교의 이름은 낯설었다. 서울 소재의 그 대학교 이름은 미수도 물론 알고 있었다. 미수가 낯설게 생각했던 건 윤이 대학을 다녔다는 사실 자체였다. 윤에게 학력에 대해 정색하고 물은 적은 없지만 그가 꽤 지명도 있는 4년제 대학을 나왔을 거라곤 한 번도 생각해 보지 않았다. 낯선 감정은 신기한 기분으로 바뀌었고 이내 자랑스러움으로 대체되었다가 다시 서운함으로 되돌아왔다.

언제부터 윤이 방으로 돌아와 있었는지 눈치채지 못할 만큼 미수는 그 순간의 감정에 너무 깊이 빠져 있었다. 뒤에 서 있던 윤이 서류들을 홱, 낚아채 간 후에야 미수는 '뭐지?' 하는 눈길로 뒤를 돌아봤다.

그때 그의 얼굴을, 미수는 지금도 잊지 못한다.

대체 왜 그런 거냐고 캐물을 수도 없었고 화를 내며 따지지도 못했다. 그 무엇에도 관심 없다는 듯 그저 사랑만을 구걸하는 여자처럼 무작정 그의 청바지를 끌어 내릴 수도 없었다. 그 어떤 행동도 비집고 들어갈 수 없으리만치 완벽하게 슬픈 얼굴이었다. 딱 한 번 보았을 뿐이지만 미수는 그 얼굴을 결코 잊지 못할 거라는 걸 알 수 있었다. 미수는 곧 자리에서 일어났다. 침묵 속에서 가방을 챙겨 그 방을 나올 때까지 윤을 다시 쳐다보지 않았다.

그날 이후, 윤은 미수의 전화를 받지 않았고 미수에게 먼저 전화를 걸어오지도 않았다. 과거와 매끄럽게 연결되지 않는 보잘것없는 현재에 대한 그의 열패감이 짐작되지 않는 것은 아니었지만 완벽하게 납득하기엔 침묵의 시간이 너무 길었다. 그 당시 윤의 세계는 통화로는 영원히 연결되지 않는, 자동 응답기 하나만 놓인 텅 빈 로비 같았다. 모든 것을 단념할 때쯤, 708호에 변화가 생기기 시작했다.

그때였다. 무언가 이상한 기운이 느껴져 조심스럽게 옆을 보니 윤이 난간 너머를 뚫어지게 응시하며 가스총을 입안에 밀어 넣고 있는 게 보였다. 미수는 꿈쩍도 하지 못한 채 그의 행동을 보고만 있어야 했다. 알루미늄 합금의 이물감 때문인지 윤은 이내 입에서 가스총을 빼고는 등을 구부려 얼굴이 빨개질 때까지 헛구역질을 했다. 헛구역질이 잦아들자 이번엔 가스총으로 자신의 관자놀이를 짓눌렀는데, 그의 손등에 돋은 파란 심줄과 무섭도록 붉게 충혈된 눈동자의 실핏줄이 줌인된 카메라로 들여다본 것처럼 지나치게 선명했다. 뒤늦게 난간에서 내려와 그에게서 총을 빼앗으려 했지만 그곳은 촉감이 제거된 세계였으므로 어떤 짓도 소용없었다. 총알이 발사되지 않을 거라는 건, 안다. 총알이 장전되지 않은, 심지어 가스조차 충전되지 않은 무력하고 무해한 가스총일 뿐이었다. 영원히 발사되지 못할 총. 어쩐지 유과 닮았다는 생각이 들었다, 날개가 없는 새처럼.

가까웠지만, 너무도 가까운 곳에 있었지만 미수는 곧 윤으로부터 멀어졌다. 저 먼 어딘가에서 밝은 빛이 스며들어 오고 있었다. 투명했던 문들이 다시 일렬로 줄을 지어 나타났고 미수는 빨려 들어가듯 그 문들로 수렴되었다. 마지막으로 옥상 철문까지 통과하자 미수는 순식간에 342개의 계단을 건너뛰어 안내 데스크 자리로 되돌아갔다.

눈이 뜨였다.

벗어 두었던 하이힐을 찾아 주섬주섬 두 발을 집어넣은 순간, 바닥이 단단해졌고 눈앞의 풍경은 조금씩 실루엣을 이어가면서 원래의 형태로 완성되어 갔다. 현실감각이 다 돌아온 이후 반사적으로 비상구 쪽을 쳐다보자 마침 윤이 비상구 문을 열고 걸어 나오고 있었다. 미수는 비상구 문이 닫히기도 전에 재빨리 윤에게서 시선을 거두었다. 고개를 돌렸다.

*

고개를 돌렸어.

블로그의 마지막 문장은 그렇게 끝나 있었다. 블로그에 쓰인 모든 글들을 한 번에 다 읽어 내려간 후에야 소년은 노트북 화면에서 눈을 뗐다.

총 38개의 포스트가 저장되어 있는 M의 블로그는 대부분 윤이라는 남자에 대한 내용이었지만, 소년이 미처 몰랐던 M의 과거와 일상도 소소하게 기록되어 있었다. M이 서울에 올라온 뒤 고시원에서 2년 가까이 살았다는 것이나 내레이터 모델을 했다는 것도 블로그를 보기 전에는 알지 못했던 것들이다. 블로그 주소는 M이 주로 사용하는 이메일 아이디와 달랐고 등록된 포스트들은 모두 비공개로 설정되어 있었다. M이 평소처럼 노트북을 끄고 출근했다면 소년은 이 블로그를 못 봤을 것이고, M의 생활에 대해서도 많은 것을 모르고 지나쳤을 것이다. 윤…… 속으로 불러 보았다. M이 이 방을 드나드는 사람이라고 믿고 있는 그자의 이름을. 아니, 윤은 이름이 아니라 성일지도 모르고 어쩌면 이름의 마지막 음절에 지나지 않을 수도 있었다. 소년은 새 형광등이 들어 있는 박스를 풀지도 않고 고스란히 챙겨 708호를 나왔다. 현관문은 생각보다 큰 소리를 내며 닫혔다. 48개의 계단을 내려와 407호로 돌아간 뒤엔 진통제를 찾는 중증 환자처럼 다급하게 노트북 뚜껑을 열고는 인터넷에 접속했다.

게임 창에 아이디와 비밀번호를 입력하면 다른 차원의 현실과 만날 수 있었다. 어떤 현실을 선택하여 어떻게 살다가 어떤 방식으로 제거되느냐 하는 문제는 그 순간의 기분에 달려 있었다. 오늘 소년은 명검객이 되어 광활한 초원에서 복면을 쓴 무사들과 진검 승부를 펼치기로 했다. 결투는 번번이 시시하게 끝났다. 소년은 신경질적으로 화면을 닫고 새로운 화면에 접속하여 또 다른 세계로 이동했다. 엄청난 속도의 시간을 타고 진입한 그곳은 핵전쟁 이후 폐허가 된 미래 도시의 뒷골목이었다. 소년은 비밀경찰이 되어 테러리스트의 피 냄새를 맡으며 미친 듯이 총을 난사해 보았다. 적들은 한 발의 총알로도 픽픽 쓰러졌고 분노의 명분이 뭔지도 모르는 비밀경찰의 인생은 오늘따라 따분하기만 했다. 이내 두 번째 화면도 미련 없이 닫은 소년은 즐비하게 나열되어 있는 새로운 세계를 계속해서 클릭했다. 신비롭고 마법적이며, 때로는 무자비하고 잔학한 세계들은 전생의 미션 따위 깨끗이 잊으라고 종용하는 듯했다. 1년에 한두 번 정도 치명적인 바이러스 때문에 포맷할 때를 제외하곤 노트북은 언제나 켜진 상태였다. 꺼지지 않는 노트북, 그건 곧 소년의 인생이기도 했다. 정보를 수집할 때 그곳은 학교였고, 중국의 보스와 국내의 위조문서 구매자를 연결해 줄 땐 직장이었다. 친구가 필요하면 채팅 방으로 들어가 체온도 없고 의미도 없는 닉네임들과 가벼운 농담을 나누었고, 사랑을 하고 싶으면 야동을 켜 놓고 수음을 했다.

기분이 나아지지 않았다. 오른손 검지로 미친 듯이 마우스 버튼을 누르던 소년은 문득 손에서 힘을 빼고는 플레이어들이 죽어 가는 화면을 가만히 지켜봤다. 오늘의 접속은 모두 실패했다는 걸 인정해야만 했다. 소년은 여전히 인상을 쓴 채 의자에서 벌떡 일어나 배낭을 꺼냈고 묵묵히 짐을 쌌다. 간단한 세면도구와 여행 책자 몇 권, 휴대용 게임기를 차곡차곡 배낭에 넣었고 마지막으로 여권과 아홉 개의 신용카드들을 지갑에 잘 끼워 넣었다. 비행기 티켓을 제외한 나머지는 모두 다 준비가 된 셈이었다. 누군가는 과음을 하고 누군가는 폭식을 한다. 타인에게 이유 없이 시비를 걸어 싸우는 자도 있으며 가깝게 지내는 친구나 애인을 여러 가지 방법으로 괴롭히는 자도 있다. 하지 않아도 되는 일까지 도맡아서 강박적으로 매달리는 부류가 있는가 하면, 심장이 터지도록 운동에 몰두하는 부류도 있다. 물론 먼 나라의 낯선 도시로 훌쩍 여행을 떠나는 사람들도 있을 것이다. 간혹 진짜 여행은 하지 못하고 여행 직전의 기분까지만 향유하는 사람이 있는 것처럼.

화가 날 때 말이다.

배낭을 챙겨 원룸 건물을 나온 소년은 버스 정류장에서 공항 리무진 버스를 탔다. 도로는 막히지 않았고 리무진 버스는 한 시간여 만에 안전하게 공항에 도착했다. 소년은 언제나처럼 3층 출국장으로 올라가 일단 롯데리아에서 햄버거와 콜라를 산 후 사람들의 발길이 뜸한 구석 쪽 벤치에 앉았다. 오늘은 헝가리 부다페스트행을 계획해 봤다. 출국장 벽면에 설치된 비행 스케줄 알림판을 보고 즉흥적으로 고른 도시였다. 가방을 뒤져 『론리 플래닛』 유럽 편을 꺼내 헝가리 부분을 펼쳤다. 총 30페이지였다. 30페이지를 모두 읽고 나면 헝가리는 소년이 가 본 예순여덟 번째 나라가 될 것이다.

책에 얼굴을 파묻고 할당된 페이지를 반 정도 읽은 후 휴대폰으로 시간을 확인하니 헝가리 부다페스트행 비행기의 이륙 시간이 어느새 50분 앞으로 다가와 있었다. 곧 관련 항공사의 탑승 수속 카운터는 체크인을 마무리할 것이고 출국 게이트엔 부다페스트로 가려는 여행객들이 몰려들 것이다.

초조한 마음 탓인지 글자들이 더 이상 눈에 들어오지 않았다. 소년은 책을 덮고 배낭에서 여권을 꺼내 들여다봤다. 소년의 영문 이름과 여권 번호, 생년월일과 주민등록번호 등이 차례로 찍혀 있었고 사진란엔 가로 3.5센티미터, 세로 4.5센티미터의 상반신 사진도 인쇄되어 있었다. 여권 속 사진과 이름은 소년을 증명했지만 주민등록번호는 소년과 무관했다. 보스는 신현수와 관련된 거의 대부분의 서류를 위조해 주었지만 여권만큼은 그 목록에서 제외했다. 이 여권은 소년이 다른 업체에 주문하여 정당한 값을 치르고 받아 낸 것이다. 여권 가격은 소년에겐 큰돈이었지만 물건을 대 준 사람들은 이 여권이 출입국 심사대를 무사히 통과할 수 있다고는 끝까지 장담하지 못했다.

작년 겨울, 모친의 급작스러운 사망으로 1년 만에 한국에 들어온 보스는 장례 절차가 모두 끝나자 소년을 불러 선물이라며 서류 봉투 하나를 건넸다. 그 봉투엔 소년의 사진이 인쇄된 주민등록증뿐 아니라 호적등본, 초·중등학교 졸업 증명서와 고등학교 생활기록부까지 들어 있었다. 일부러 소년과 이름뿐 아니라 나이도 같은 고등학생을 물색하여 신분증과 서류를 만드느라 시간이 다소 오래 걸렸다고 해명하듯 설명하던 보스의 목소리에서 뿌듯함이 느껴졌다. 손가락에 침을 묻혀 가며 금세 서류를 다 훑어본 소년은 만족스럽게 웃고 있는 보스를 텅 빈 눈으로 건너다봤다. 소년이 읽은 서류 속 신현수는 태어날 때부터 강남에서 살아왔고 유명 사립학교만을 다녔으며 성적은 줄곧 최상위권이었다. 어디로든 갈 수 있는 자유와 실패조차 추억이 되는 보장된 미래를 갖고 있는 최적의 캐릭터. 녀석은 심각한 병을 앓지도 않았고 부모가 이혼을 하지도 않았으며 무엇보다 너무도 안전하고 견고한 울타리의 보호를 받고 있었다. 소년은 녀석의 인생을 빼앗을 수도 없었고 완벽하게 모방할 수도 없었다. 보스는 소년이 절대로 붙잡지 못할 허공의 인생을 장난감처럼 안겨 준 셈이었다. 그날, 기껏 몇 장의 서류로 신분 없는 자의 12년을 위로해 주려 했던 보스의 그 순박한 얼굴을 마주 보며 소년은 몇 번이나 터져 나올 것 같은 실소를 참아야 했다.

책상 서랍 안쪽에 처박아 두었던 그 서류 봉투를 다시 꺼낸 건 M과 같은 원룸 건물에 살게 되면서부터였다 서류 밖 신현수의 동선을 쫓기 시작한 것도, 녀석의 얼굴을 처음으로 직접 본 것도 그즈음이었다. 녀석이 고등학교를 졸업하자마자 미국으로 유학 갈 계획을 세우고 있다는 것 역시 석 달 가까이 녀석 주변을 맴돌면서 소년이 직접 알아낸 정보였다. 녀석이 주말마다 가는 영어 학원은 미국의 아이비리그 입학 준비를 돕는 곳이었다. 미국. 유학. 실종. 유학. 실종. 미국. 실종. 미국. 유학. 그 영어 학원 근처를 서성이다 팸플릿 한 장을 얻어 온 날, 소년의 머릿속에선 이 세 개의 단어들이 순서를 바꿔 가며 계속해서 둥둥 떠다녔다.

보스에게 도움을 요청할 생각은 없다. 아니, 애초부터 그런 기대 따위 품지도 않았다. 그는 정부나 보험사에 보상금을 돌려주어 소년의 말소된 신원을 복원해 줄 수 있는 유일한 사람이었다. 소년이 학교도 다니고 친구도 사귀도록 배려해 줄 수도 있었을 것이다. 하지만 보스는 조직이 와해되는 순간에도 소년을 처리 완료되어 봉합된 서류 속에 감금해 놓았고 지금껏 자신의 유일한 수하로 두고 있다. 게다가 지금의 보스에겐 한 사람을 쥐도 새도 모르게 이 세상에서 격리해 버릴 만한 힘도, 그럴 의지도 없다. 소년이 자신을 버리고 해외로 도주할까 봐 위조 여권도 만들어 주지 못할 만큼 그는 겁 많고 소심한 노인이 되어 가는 중이었다.

헝가리 부다페스트행 비행기의 이륙 시간은 이제 38분 앞으로 다가왔다. 체크인 카운터가 닫힌 것은 물론 출국 수속도 거의 마무리되었을 것이고, 개중 어디서나 부지런을 떠는 사람들은 이미 탑승을 시작했을 것이다. 소년은 여권을 다시 가방 속에 넣고 햄버거를 마저 먹었다. 차갑게 식은 고기 패티가 자꾸 목에 걸렸다. 핏기가 남은 고기 패티를 내려다보는데 불쑥 헛구역질이 치밀었다.

기억이 났다.

검은 테이프로 둘둘 말린 단단한 각목의 서늘한 촉감, 쓰러져 꿈틀거리던 청년, 흑백 화면 속 단 하나의 컬러, 할머니,

할머니의 눈물, 그리고……. 파편처럼 흩어져 있던 기억들이 모이고 이어지면서 하나의 장면으로 완결되려는 순간, 소년은 벤치에서 벌떡 일어나 남은 햄버거를 쓰레기통에 내던졌다. 이제 30여 분 후면 인천발 부다페스트행 비행기가 뜰 것이다. 소년을 남겨 두고, 언제나처럼. 언뜻 고개를 들어 보니 여기저기 설치된 비행 스케줄 알림판에는 단 하나의 글자만 뜨고 있었다.

버그(bug).

위조 문서를 다루기 전, 보스는 사채업자와 결탁한 조직을 꾸리고 있었다. 보스의 조직은 작아도 탄탄한 편이었지만 2년 전의 그 사건 이후 경찰의 수사망이 좁혀 오면서 아홉 명의 형들은 모두 떠나갔고 보스도 업종을 바꾸게 되었다. 소년은 그들과 함께 사는 동안 신분을 잃었고 사춘기를 겪었으며 수음을 배웠다. 늘 시간이 너무 많던 때였다. 컴퓨터 게임 외에는 해야 할 일도, 하고 싶은 일도 없었다. 보스는 쓸모없어진 소년을 내다 버리지 않았고 구걸을 시키지도 않았으며 죽이지도 않았다. 하루 종일 방구석에 앉아 게임기나 들여다볼 뿐, 조직을 위해서 그 무엇도 하지 않았지만 밥을 굶긴 적도 없었다. 오히려 형들 몰래 새로 출시된 게임 시디를 사다 주기도 했고, 용산 전자 상가에서 구입한 최신형 노트북을 소년이 사용하던 책상에 올려놓기도 했다. 한글을 가르쳐 주고 서점에서 학교용 교과서를 사다 준 사람도 보스였다. 소년을 통해 오래전 소아암으로 죽은 아들을 떠올리는 거라고 누군가 일러 주기 전까지, 소년도 보스의 관대함을 납득하지 못할 때가 많았다.

딱 한 번 탈출을 시도한 적은 있었다. 처음이자 마지막으로 보스로부터 탈출을 시도했을 때, 소년은 열세 살이었다. 소년은 그날 형들의 지갑에서 돈을 훔쳐 무작정 서울역으로 갔다. K시행 기차표를 손안에 꽉 쥔 채, 소년은 오래오래 서울역 대합실 간이 의자에 앉아 있었다. K시엔 당시 열아홉 살이었을 M이 살고 있었다. 아니, 그럴 거라고 소년은 믿고 있었다. M을 제외한다면 소년에게는 K시에 대한 기억이 거의 남아 있지 않았다. 젖가슴, 허기짐, 차가운 벽에 그려지던 새 모양의 손바닥 그림자, 아침에 일어나지 못하거나 씻지 않겠다고 버틸 때마다 손가락을 접어 가며 숫자를 세던 M의 작은 목소리, 하나, 둘, 셋……. 소년이 기억하는 K시는 퍼즐처럼 조각조각 나뉘어 있을 뿐, 하나의 완벽한 장면은 아니었다. 소년은 퍼즐을 맞추는 식의 간단한 게임을 좋아하지 않았다.

기차들은 끊임없이 도착하고 출발했다. 수원, 천안, 대전, 대구, 전주, 광주, 부산, 여수, 포항……. 들어 보긴 했지만 가 본 적은 없는 전광판 속 도시의 이름들이 우주 끝의 행성들처럼 명멸하고 있었다. 사람들은 자기 차례가 오면 매표구 앞으로 당당히 걸어가 주저 없이 도시 이름과 시간을 말했고, 기차가 들어오는 플랫폼을 정확하게 잘 찾아갔다. 한참을 전광판만 물끄러미 올려다보던 소년은 결국 기차표를 의자에 남겨 두고 역을 빠져나갔다. 탈출에 실패했으니 그대로 보스에게 돌아가면 모진 매를 맞아야 할 터였다. 운이 나쁘면 손가락 하나가 잘릴지도 몰랐다. 그러나 소년은 그 어떤 잔혹한 형벌보다 그 형벌조차 온전히 자신의 것이 될 수 없는 조직의 바깥 세계가 더 무서웠다. 유저들은 끊임없이 알려 줬다. 소년은 버그라고, 소년의 생존이 밝혀진다면 전체 시스템엔 치명적인 오작동이 일어날 거라고 그들의 검은 입술들은 확신했다. 보스는 어떤 방식으로든 소년을 찾아낼 것이므로 소년과 함께 있는 한 M 역시 도망가고 숨어야 하는 배역에서 벗어날 수 없을 거라며 겁을 주기도 했다. 소년은 보스의 조직 안에서만 안전했다. 조직의 바깥에서 소년이 할 수 있는 것은 아무것도 없었으며 소년을 증명해 줄 서류는 한 장도 남아 있지 않았다. 새벽바람을 맞으며 다시 보스에게 돌아간 그날, 아파트로 이어지는 골목 초입에서 줄담배를 피우고 있던 보스는 쭈뼛거리며 나타난 소년에게 다가와 말없이 어깨를 토닥여 주었을 뿐, 형벌은 내리지 않았다. 그 대신 보스는 다음 날 저녁, 형들과 소년을 영등포 뒷골목에 있는 삼겹살집으로 데려갔다. 딱 석 잔만 마셔라. 보스는 소년에게도 소주 한 잔을 따라 주며 말했다. 고작 석 잔이었지만 난생처음 마셔 본 소주는 손쉽게 소년의 정신을 앗아 갔다. 어느 순간 눈을 떠 보니 긴 생머리 여자가 곁에 앉아 있었다. 머리칼뿐 아니라 눈동자도 부러 염색을 한 듯 새까맣기만 했던 그 여자의 가슴에 소년은 무턱대고 얼굴을 묻었다. 익숙한 냄새가 났다. 자신을 떼어 내려는 여자의 손길을 무시하며 소년은 여자의 가슴 속으로 더더욱 깊이 파고들었다. 형들과 또 다른 여자들이 배를 쥐고 웃어 댔다.

눈물을, 흘리지 않았다.

헝가리 부다페스트행 비행기 이륙 시간인 3시 15분, 소년은 공항에서 나와 대기하고 있던 공항 리무진 버스에 올랐다. 졸음이 밀려왔다. 눈을 감았다. M을 만나고도 싶었다. 문이 열리고 문이 닫혔다. 이번엔, M이 보이지 않았다. 한 번 더, 문이 열리게 하기 위해 소년은 더 세게 눈을 감았다. 고요해졌고 몽롱해졌으며 문틈 너머 708호는 반짝반짝 빛이 났다. M이 소년에게 다가오는 거리만큼 소년은 자신으로부터 멀어졌고, 시간과 공간을 표시하는 좌표는 흔들리고 있었다. 하나, 둘, 셋. 세고 나자, 예상대로 문이 다시 열렸고 곧 그 문 안으로 들어서는 M이 보였다.

*

　708호 문을 열고 방으로 들어선 순간, 미수는 오늘도 윤이 이곳에 왔다 갔다는 걸 감지할 수 있었다. 윤의 낮 근무가 없는 날이었다. 미수는 다급하게 구두를 벗은 후 화장실로 들어가 세면대 선반에 올려놓은 화장 솜 종이 박스부터 들여다봤다. 여섯 개. 어제 마지막으로 셌던 개수와 똑같았다. 콘솔을 열어 샴푸와 린스의 양도 확인해 봤지만 그것 역시 그대로였고 비타민제가 들어 있는 갈색 병과 플라스틱 면봉 통에서도 변화는 보이지 않았다. 미수는 코트 주머니에 두 손을 찔러 넣은 채 발가락 끝으로 매트리스를 툭툭 쳤다. 윤은 이곳에 와서 대체 뭘 했던 것일까. 그저 한숨 깊이 낮잠이라도 자고 간 것일까. 그럴 수도 있었다. 그는 종종 이곳에서 미수가 깨울 때까지 계속 잠만 자다가 가기도 했으니까. 그런 날이면 윤은 미수의 방이 시간이 단축된 공간 같아서 좋다고 말하곤 했다. 단지 몇 시간 잤을 뿐인데도 몇 년씩 나이가 든 기분이 엄습한다며, 그런 기분을 양손에 쥐고 살 수만 있다면 남들을 앞지르진 못해도 보폭 정도는 맞춰야 한다는 강박감을 어느 정도 내려놓게 되지 않겠느냐고 묻기도 했다. 윤과 만나는 동안 그를 위로해 준 것은 미수가 아니라 이 방이었는지도 모르겠다.

코트를 벗고 식탁 의자에 앉아 블라우스 단추를 풀던 미수는 노트북에 눈이 간 순간, 화들짝 놀라면서 자세를 바로 했다.

시스템 종료를 하지 않은 노트북의 절전 모드를 전환하자 미수의 블로그가 그대로 노출됐다. 윤과 헤어지면서 개설한 블로그였다. 이 블로그를 윤이 볼 수도 있다는 가능성을 어째서 한 번도 염두에 두지 않았던 걸까. 고개를 숙였어. 이 문장으로 끝나는 포스트는 안내 데스크에서 꾸었던 짧은 꿈에 대한 내용이었다. 옥상, 가스총, 헛구역질, 푸른 심줄, 충혈된 눈, 없는 총알……. 여러 이미지가 떠올랐다. 사흘 전, 윤이 주위를 살피며 비상구 안으로 들어가는 모습을 목격한 날이었다.

윤이 비상계단을 통해 어디로 가려 했는지는 보지 않아도 알 수 있었다. 윤은 그때도 빌딩 옥상으로 이어지는 342개의 계단을 쉬지 않고 뛰어 올라갔을 것이다. 수평으로 뻗은 넓은 공간이 아니라 수직으로 세워진 폐쇄된 계단에서라도 달려야 하는 윤의 건강한 두 다리를 상상하는 건 여전히 힘에 부쳤다. 그래서 그날, 낮잠에 들어 그렇게 이상하고도 선명한 꿈을 꾸었던 것일까.

달려 볼까?

미수와 만나는 동안 윤이 미수에게 가장 많이 한 말이었다. 미수가 시무룩해 있거나 그 자신이 기분이 좋지 않을 때, 윤은 늘 그렇게 물었다. 윤과 손을 잡고 뛰고 있으면 크고 푸른 바람을 삼키고 있는 것처럼 온몸이 가벼웠고 시야에 들어오는 풍경은 조금씩 흔들리다가 뿌옇게 이지러지곤 했다. 미수는 그 불명확함이 마음에 들었다. 광화문 거리, 한강 주변의 산책로, 서울의 골목골목을 윤과 미수는 수도 없이 달렸다. 미수는 달리는 윤을 좋아했고 땀이 축축하게 배도 맞잡은 손을 먼저 놓는 법이 없던 그를 믿었다.

장난감 병정.

미수가 윤에게서 처음 받은 인상은 사실 역동적인 달리기와는 거리가 멀었다. 양팔을 쭉 펴면 끝과 끝이 닿는 안내 데스크 안쪽에 서서 울리지 않는 전화기만 내려다보고 있노라면 자주 졸음이 밀려왔다. 로비의 폐쇄 회로 카메라 중 하나는 미수 쪽을 정면으로 비추도록 설계되어 있었고, 빌딩 관리 팀은 언제라도 그 필름들을 일일이 확인할 수 있었다. 낮잠은 분명 직무 유기였다. 낮잠을 빌미로 직장에서 쫓겨나고 싶지는 않았다. 거리에 서서 춤을 추고 소리를 지르며 물건을 파는 일을 다시 하고 싶지도 않았다. 윤을 관찰하는 습관은 그렇게 시작됐다. 미수처럼 로비에서 일하는 용역이라면 교대로 나누어 근무를 하는 세 명의 수위들과 두 명의 보안 요원들이 다였는데, 수위들은 대체로 자리를 비웠고 그즈음 신참이었던 윤은 로비를 이탈하는 일 없이 과묵하고도 정직하게 보안 요원의 역할에 최선을 다했기 때문에 미수가 가장 많은 시간을 들여 관찰할 수 있었던 사람은 윤일 수밖에 없었다. 게다가 미수와 윤의 근무시간은 교묘하게 일치했다.

리모컨에 의해 작동하는 장난감 병정 같기만 했던 윤은 다른 보안 요원들에 비해 움직임이 적었고 심지어 미수의 생각대로 움직일 때도 있었다. 오른쪽으로 세 걸음, 속으로 되뇌면 정말로 오른쪽으로 세 발짝 걸어간 다음 천장을 올려다보거나 풀린 구두끈을 다시 묶는 식이었다. 그럴 때면 졸음은 말끔히 달아났고 기분은 한결 좋아졌다. 언제부터인가 윤이 미수 쪽을 쳐다보는 횟수도 잦아졌다. 자연스럽게 시선이 자주 교환되었고 함께 점심을 먹는 일도 생겨났다. 많은 대화를 했고 퇴근 후 술집에 마주 앉아 맥주나 정종을 마시기도 했다. 관계는 무서울 만큼 가파른 속도로 발전했다. 윤에 대한 감정은 이전엔 그 틀조차 생성된 적 없는 새로운 유형이었지만 미수의 모든 것은 그 안으로 너무 쉽게 빨려 들어갔다. 윤과 만난 시간은 고작 5개월이었다. 윤과 만나는 그 5개월 동안 미수는, 윤의 삶을 자주 물속처럼 들여다보곤 했다. 이런저런 이유로 방 한 칸에서 혼자 살고 있고, 오늘 반드시 처리해야 할 업무도 없으며, 그 어떤 사회적 공동체에도 꼭 필요한 사람으로 소속된 적 없는 그의 현실은 곧 미수의 것이기도 했다. 평일엔 무의미한 인터넷 서핑을 하다가 잠이 들고 주말엔 가급적 약속을 삼간 채 밀린 빨래와 청소를 하고 왁자지껄한 파티 없이 생일이나 크리스마스를 보내는 그의 하루하루 역시, 미수의 일상을 그대로 되비추며 고요하게 일렁였다. 윤이 안쓰러울수록 미수는 스스로에게도 관대해져 갔고, 정신 똑바로 차리고 제대로 살려면 타인뿐 아니라 자신의 삶과도 거리를 유지해야 한다는 의무적인 피곤함에서도 조금씩 벗어날 수 있었다.

윤의 옥탑방에서 그 서류들을 발견한 후에야 미수는, 윤이 감정을 표현하는 일뿐 아니라 자신에 대해 이야기하는 것 자체에 매우 인색한 사람이라는 것을 뒤늦게 깨달았다. 어쩌면 미수가 알았던 윤이란 그의 옥탑방 크기, 팔을 몇 번 정도 뻗으면 다 잴 수 있는 딱 그만큼의 크기였는지도 모르겠다. 부정할 수 없는 건, 미수 역시 윤에게는 708호 방 크기로 기억될 거라는 사실이었다. 한때는 윤에게만큼은 솔직해지고 싶었다. K시를 떠나온 이후 현수에 대해 말해 준 사람도 윤이 유일했다.

그러나 고백한 이야기보다 차마 하지 못한 이야기가 아직 훨씬 더 많이 남아 있었다.

미수는 곧 인터넷 검색창에서 블로그 주소를 삭제한 뒤 식탁 의자에서 일어났다. 옷장 문을 열어 놓고 옷을 갈아입는데 무언가가 발바닥에 밟혀 주위 보니 회색 야구 모자였다. 야구 모자를 쓴 윤을 본 적은 없다. 윤은 혹시라도 사람들의 눈에 띨까 봐 야구 모자까지 챙겨 쓰고 이곳을 찾아오곤 했던 것일까. 야구 모자는 미수의 머리에도 딱 맞았다. 방 안을 걸어 보았다. 야구 모자의 챙 때문인지 명확했던 세상의 모든 실루엣들이 편안하게 와해되는 해 질 녘의 숲 속으로 들어온 기분이 들었다. 어둑어둑한 숲은 가로로 세 걸음, 세로로 다섯 걸음이면 모두 구경할 수 있었다. 숲 속을 거닐던 유순한 동물들이 현실의 장막을 뚫고 유유히 걸어 나온다 해도 그리 놀랍지 않을 것 같았다. 방을 세 바퀴쯤 왕복할 때였던가. 갑자기 차가운 물에라도 닿은 듯 발가락 끝이 얼얼하게 시려 왔다. 순간, 나무가 울창한 숲 한가운데 자리한 호수 속에 발을 담근 채 조용한 소멸을 꿈꾸는 누군가의 뒷모습이 보이는 것 같아 미수는 걸음을 멈췄다. 그 사람은, 나였던가. 미수는 이 돌연한 기시감이 어디에서 온 것인지 기억나지 않았다. 윤의 야구 모자를 벗지 않고 그대로 매트리스에 누워 보았다. 전화벨은 여전히 울리지 않았고 문을 두드리는 사람도 없었다. 미수는 야구 모자를 쓴 채 이내 잠이 들었다.

　소년은 오전 내에 오늘의 업무를 모두 끝낼 생각이었다. 소년이 오늘 해결해야 할 업무는 토익 성적표와 Y대학 졸업 증명서를 만들어 줄 수 있느냐는 이메일에 답장을 보내는 것, 그리고 얼마 전 대금을 결제한 의뢰인의 주민등록증이 완성되었는지를 확인한 후 물건의 예상 도착 시기를 문자로 알려 주는 것이 다였다.
　오늘은 배달 업무가 없었다.
　특급 우편으로 중국에서 한국으로 온 물건을 의뢰인에게 직접 배달해 주는 일은 시간과 집중력을 가장 많이 요구하는 고난이도 업무였다. 배달 업무가 잡혀 있으면 그 전날 밤부터 잠을 설칠 정도였다. 배달 업무에 비하면 그 외의 나머지 일들은 수월한 편에 속한다. 가짜 신분증이나 서류를 사고 싶다는 신청 목록을 보스에게 이메일로 보고하고 의뢰인들의 이메일에 일일이 답장을 보내는 것, 그리고 그들의 상담 전화를 받아 주는 것 등이 소년이 처리해야 할 업무에 속한다. 문자 발송 프로그램이 깔려 있는 인터넷 사이트를 돌아다니면서 수백 명의 사람들에게 무작위로 광고 문자를 보내는 일 역시 하루도 빼먹어서는 안 된다.
　서류 필요하신 분 일주일 만에 완성해 드립니다. 토익 토플,

준비되셨습니까? 대포 통장, 대포 폰 필요하신 분 연락 주십시오. 24시간 친절 상담. 지금 바로 통화 버튼을 누르십시오.

문자를 보낼 때는 늘 네 개의 휴대폰 번호를 번갈아 사용했다. 그것 역시 노숙자나 가출한 아이들의 이름으로 등록된 일명 대포 폰이다. 이 바닥에선 그 누구도 실명을 사용하지 않는다. 최근 들어 보스는 가짜 홍분제 같은 것에도 손을 뻗고 있었다. 간혹 내용물을 가늠하기 힘든 물건이 중국에서 도착했고 물건을 건네받는 쪽은 평범한 일반인 같지 않은 분위기를 풍겼다. 이것저것 꼬치꼬치 캐묻지도 않았고, 물건을 받자마자 도망치듯 사라지지도 않았다. 외려 느긋하게 담배를 피우며 상대의 머릿속을 투시할 수도 있다는 듯 뚫어지게 소년을 응시하곤 했다. 사업이 이런 식으로 확장되다 보면 아무래도 소년의 신변은 좀 더 위험해질 수밖에 없다. 물론, 그 위험은 소년이 아니라 소년의 가방 속에 들어 있는 서른 명 정도의 사람들이 나누어 감수해야 할 그들 각자의 몫일 뿐이다.

이메일과 문자 발송을 마친 후엔 새 형광등 박스를 챙겨 들고 방을 나와 계단을 올랐다. 폐쇄 회로 카메라가 부착된 엘리베이터는 되도록 이용하지 않는다. 위치가 노출된 위험물은 피해 가는 것이 가장 합리적이라는 것쯤은 소년도 알고 있었다.

708호의 전자 키 비밀번호는 네 자리였다.

전자 키 뚜껑을 열고 소년은 여느 때처럼 그 숫자를 눌렀다. 6개월 전, 처음 이 방을 찾아온 날, 소년은 단 한 번의 시도로 708호 현관문을 열 수 있었다. 곧 익숙한 멜로디가 흐르면서 전자 키의 잠금장치가 해제됐다. 마음이 편해지는 순간이었다. 708호는 온몸으로 M의 냄새를 풍겼다. 기억 회로가 종종 도달하는 그곳, 수많은 시간을 거슬러 올라가야 접속할 수 있는 그 장면에 이 냄새를 입력하면 소년은 언제라도 천국 근처에 도달할 수 있었다. 밋밋한 가슴, 등허리를 쓸어 주던 솜털이 돋은 두 팔, 울지 말라고 속삭이던 앳된 목소리, 교환되고 사라지던 서로의 숨결······.

이틀 전에 놓고 간 회색 야구 모자는 식탁 위에 얌전히 놓여 있었다. M이 이 야구 모자를 발견하지 못했을 리 없다. 소년은 다시는 사용하지 않게 될 야구 모자를 청바지 뒷주머니에 구겨 넣은 후 곧 노트북부터 살폈다. 예상했던 대로 노트북의 전원은 꺼져 있었다. 노트북을 켜 봤자 블로그를 열 아이디와 비밀번호를 알지 못하는 이상, 비공개로 설정된 그 안의 글들은 다시 볼 수 없을 것이다.

소년은 블로그에 대한 미련을 접은 뒤 식탁 의자에 앉아 탁상용 달력을 집어 들었다. M은 대부분의 스케줄을 달력에 꼼꼼하게 메모해 두는 습관을 갖고 있었다. 그 덕에 소년은 M이 언제 일하고 언제 쉬는지, 남는 시간엔 누구와 만나 뭘 하며 보내는지 큰 어려움 없이 알아낼 수 있었다. 게다가 M의 일상은 소년 못지않게 단조로운 편이었다. 약속은 거의 잡지 않았고 쇼핑이나 여행 같은 것에도 큰 관심이 없어 보였다. M은 주로 혼자 다녔고 꼭 필요한 물건들은 대부분 인터넷 쇼핑몰에서 구입했으며 외식도 좀처럼 하지 않았다. 그래서인지 노력하지 않아도 M의 3개월 치 스케줄 정도는 저절로 외워졌다. M은 이번 주 주말에 Y의 생일 선물을 사러 시내에 나갈 계획이 있었고, 다음 주 토요일엔 K시에 내려갈 예정이었다. Y라면 윤을 의미하는 걸까. Y가 윤이 맞는다면 윤의 생일은 소년보다 닷새 빠른 셈이다. 다음 주 토요일은 소년의 생일이었다. 달력에 메모된 스케줄대로라면 M은 그날, 지난 3월 21일 이후 두 번째로 K시에 가는 것이다.

  소년은 달력을 앞으로 넘겨 3월을 펼쳤다. M이 해마다 K시로 내려가는 날, 의무적으로라도 기억하기 위해 자신의 방으로 통하는 문에까지 암호로 정해 놓은 12년 전의 그날이 있는 달이었다. 어쩌면 M의 통장과 신용카드의 비밀번호도 모두 0321일지 몰랐다. 소년은 습관처럼 3월 21일에 적힌 메모를 또 한 번 훑어보았다. M이 사는 이 건물로 이사를 오고 일주일에 두세 번씩 708호를 방문하게 된 건 어쩌면 이 메모 때문인지도 모르겠다.

  12년 전 3월 21일, 소년은 그날 이미 한 번 죽었다.

엄청난 굉음과 함께 50미터의 불기둥이 치솟았고 인근의 유리창들은 순식간에 모두 깨졌다. 수십 명이 죽었고 100여 명이 크고 작은 부상을 입었다. 사망자 중 상당수는 형체를 알아볼 수 없을 만큼 훼손되거나 실종되었기 때문에 사고 처리 팀은 한동안 완벽한 사망자 명단을 작성할 수 없었다. 기차역 보수공사 현장으로 파손된 가스 배관을 통해 가스가 유입되면서 비극적인 참사가 발생했다는 뉴스가 반복적으로 방송되었고 경찰서와 소방서, 각종 관공서에는 가족이나 애인 혹은 친구의 실종을 신고하는 전화가 하루 종일 끊이지 않았다. 온 도시에 잿빛 재가 휘날렸다.

그 사고가 있고 몇 시간 후, 삼촌네 집에 한 무리의 사내들이 들이닥쳤다. 그 무렵 자주 목격하던 사내들이었다. 사내들은 다짜고짜 찾아와 컴퓨터나 비디오카메라 같은 것을 봉고차에 실어 가기도 했고, 삼촌이나 숙모에게 주먹을 휘두르며 험한 말로 협박을 하기도 했다. 소년은 어렴풋이나마 사내들이 찾는 사람이 엄마라는 걸 알고 있었다. 그들이 한 번 지나가고 나면 삼촌과 숙모, 사촌들은 더더욱 적대적으로 변했다. 한밤중, 잔뜩 취한 삼촌이 할머니 방으로 들어와 방 한가운데 식칼을 꽂아 놓고는 셋 다 제발 사라져 달라고 무릎 꿇고 애원한 적도 있었다. 빚 때문이야. 숙모에게 특별한 이유도 없이 심한 매를 맞고 저녁도 얻어먹지 못한 채 할머니 방에 감금되어 있을 때, M이 젖은 목소리로 알려 주기도 했다.

그날, 건장한 사내들 앞에서 삼촌은 침묵했고 작은방으로 들어간 숙모는 끝까지 나오지 않았다. 여느 때처럼 M은 학교에 가 있었고 할머니도 새벽부터 절에 가고 없었다. 사내 중 한 명이 삼촌에게 무언가를 요구하자 삼촌은 아무런 저항도 없이 쭈그리고 앉아 어딘가에 전화를 걸었다. 소년은 그때 삼촌이 전화기에 대고 했던 말을 기억한다. 그때 그는, 소년의 실종을 신고하고 있었다.

삼촌이 통화를 끝내자 사내들은 이내 소년을 밖으로 끌고 가 봉고 차에 밀어 넣었다. 뒤따라온 삼촌이 소년의 옷가지가 담긴 가방을 봉고 차에 실었다. 그는 작별의 인사도 하지 않았고 자신과 집요하게 눈을 맞추려는 소년을 끝까지 외면했다. 봉고 차는 오래오래 달렸다. 봉고 차 안에서 너무 울어 댄 탓인지 사내들이 모여 사는 아파트에 도착할 무렵, 소년은 거의 탈진 상태에 이르고 말았다. 누군가 사다 준 음료수를 벌컥벌컥 들이켜고 나자 졸음이 밀려왔다. 다음 날, 정오가 다 되어서야 소파에서 깨어난 소년은 M도 할머니도 없는 낯선 곳에서 다시 훌쩍이기 시작했다. 누군가 소년의 뒤통수를 힘껏 내리쳤다. 야, 이 씨발새끼, 너 자다가 한 번만 더 오줌 지리면 그땐 죽여 버릴 줄 알아! 소년은 순식간에 눈물을 그쳤다. 화장실로 질질 끌려가 팬티까지 벗겨진 후 샤워기를 통해 나오는 소름이 돋을 만큼 차가운 물을 맞을 때도 이상하게 더 이상 눈물이 나지 않았다. 울지 않아야 살아남을 수 있는 세계, 이를테면 그곳은 그런 곳이었다.

가스폭발 사고의 사망자 명단에 이름이 올라가면 보상금을 받을 수 있다는 걸 알게 되기까지 오랫동안, 소년은 그때의 상황을 납득하지 못했다. 어느새 형들이라 부르게 된 보스의 수하들이 하는 이야기를 통해 자신이 잡혀 온 이유를 알게 된 건 3년이나 지나서였다. 소년 또래의 아이들이 학교에 다니며 친구를 사귀고 있을 무렵이었다. 형들은 그때 이런 말도 했다. 그 사고 이후 작성된 사망자 명단엔 비집고 들어갈 틈이 많았다고, 그런 면에서 사고가 나자마자 공사 관리원 한 명과 커넥션을 맺고 곧바로 소년의 죽음을 위장한 보스의 선택은 노련하고도 적절했다고. 사망자 중엔 실종자와 가족이 찾아오지 않는 신원 미상의 시신도 여럿 있었고 성급한 복구 작업으로 사고 현장은 곧 건물 잔해에 매몰되었으므로 위장은 손쉬웠다. 소년의 경우는 공사를 관리하던 기업체나 안전점검을 담당한 공무원들이 사고 책임을 회피하기 위해 그 무엇도 제대로 조사를 하지 않았기 때문에 가능했던 것이다.

708호로 들어오기 전 30분 간격으로 맞춰 놓은 휴대폰 알람이 울렸다. 708호엔 한 시간 이상 머물지 않는 것이 소년의 원칙이었다. 이제 이틀 전에 잠시 미루어 놓았던 미션을 수행

하고 이 방을 떠나야 했다. 소년은 식탁 의자를 방 한가운데로 옮기고는 그 위로 올라가 형광등 커버의 나사를 풀었고 헌 형광등을 새 형광등으로 교체했다. 서향인 708호에서 조명은 중요했다. 한동안 M은 윤이라는 남자에게 고마워하며 밝은 방에서 지낼 수 있을 것이다. 새 형광등에 불이 들어오는 것을 확인한 후엔 식탁 의자를 다시 제자리에 갖다 놓았고 누군가 왔다 간 흔적을 지우기 위해 방바닥의 먼지를 쓸어 냈다. 정리를 모두 마치고 현관 쪽으로 걸어가던 소년은 두 발자국을 떼기도 전에 걸음을 멈췄다. 돌아서서 접이식 빨래 건조대에 아무렇게나 널려 있던 옷가지와 타월들을 반듯하게 다시 걸었고, 미니 냉장고에 붙어 있는 각종 주문 전용 식당 메뉴판을 보기 좋게 배열했다. 노트북 키보드에 쌓인 묵은 때를 면봉으로 샅샅이 제거했고, 라면 박스 안의 구두들을 모두 꺼내 하나하나 소매로 닦아 놓기도 했다.

그들을 용서할 수 없었던 날들도 있었다.

오랫동안 소년은 엄마와 할머니, 그리고 M이 자신을 버렸고 잊은 거라고 믿어 왔다. 그래서 M을 찾아야겠다는 생각 따위 하지 않았고 찾아야 한다는 의무감도 없었다. 그저 궁금했다. 아니다. 궁금하지 않았다. 궁금하지는 않았지만, 그렇다고 믿어 왔지만, 소년은 M의 직장과 거주지를 알아내는 데 꼬박 두 달을 매달렸다. M 역시 엄마에게서 버려졌다는 것이나 할머니가 이미 10년 전에 세상을 떴다는 것은 M을 찾는 과정에서 알게 된 사실들이었다. M이 오래전부터 자신처럼 완벽한 혼자였다는 것을 소년은 조금 늦게 알게 된 셈이다. 그렇다고 지금 와서 M 앞에 이런 한심한 꼴로 나타날 마음은 없었다. M을 놀라게 하고 싶지도 않았고, 정규 교육도 받지 못한 채 서류 위조 브로커로 살아가고 있는 현재의 상황을 굳이 알게 하고 싶지도 않았다. 버그의 삶을 이해받고 싶다는 욕심을 품은 적도 없었고, 언제 몬스터로 배역이 바뀔지 모르는 불안한 미래를 설명하기도 싫었다. 달력에 메모된 M의 글을 읽지 않았다면, 그래서 M이 세상 사람들처럼 속고 있다는 걸 몰랐다면, 소년은 이 원룸 건물로 이사 오는 짓 따위 하지 않은 채 지금까지의 방식대로 살아왔을 것이다. 배가 고프면 아무거나 집어 먹고 졸리면 앉아 있던 자리에서 그대로 잠이 들고 어제를 후회하지도, 내일을 계획하지도 않으면서 오늘분의 시간만을 잘근잘근 씹어 삼키는 한 마리 버그답게.

  소년은 넉 달 전부터, M이 사는 이 건물의 407호에서 살고 있었다.

  소년에게 거처를 옮기는 건 위험한 일이었다. 1년 치 월세를 일시불로 미리 내는 조건으로 계약서는 쓰지 않아도 되었지만, 월세를 치르기 위해 전에 살던 연립주택에서 돌려받은 보증금을 반이나 써야 했다. 남은 보증금은 위조 여권을 사는 데 썼다. 언젠가 보스도 이 사실을 알게 될 것이고, 상의도 없이 거처를 옮기고 목돈을 써 버린 소년을 어떤 방식으로든 단죄하려 들 게 뻔하다. 물론 보스는 소년을 버리지는 못할 것이다. 소년은 여섯 살 때부터 보스와 살아왔고 현재는 그의 사업을 돕고 있는 유일한 수하다. 게다가 가족이 없는 보스는 소년을 통해 죽은 아들을 떠올리는 거라고 형들은 말해 주지 않았던가.

30분 간격으로 맞춰 놓은 휴대폰 알람이 또 한 번 울렸다. 이제 진짜 이곳을 나가야 한다. 소년은 708호에서 소비한 먼지 묻은 면봉과 휴지 등을 헌 형광등이 담긴 비닐에 넣어 현관 쪽으로 걸어갔다.

운동화를 꺾어 신고 현관문을 나서는데 엘리베이터 멈추는 소리가 들려오면서 머릿속이 엉키기 시작했다. 재빨리 문을 닫기는 했지만 순간적으로 당황한 소년은 어디로도 몸을 피하지 못한 채 무턱대고 뒷주머니에서 야구 모자부터 꺼내 썼다. 곧이어 엘리베이터의 문이 열렸고 그 안엔 놀랍게도, M이 서 있었다.

핏기가 사라진 해쓱한 얼굴로 엘리베이터 구석에 위태롭게 서 있던 M이 천천히 고개를 들어 소년을 쳐다봤다. 무심한 시선이었지만 소년은 그 시선의 끝에라도 닿지 않기 위해 고개를 외로 숙였다. 조퇴를 한 것일까. 소년이 아는 한, M은 조퇴를 해 본 적이 없다. 윤이라는 남자와 또 무슨 일이 있었던 건지도 모른다. 이 상황을 해석할 수 있는 단서는 아무것도 없었다. 소년이 지금 정확하게 파악하고 있는 건 엘리베이터 안쪽에 서 있는 M의 눈동자가 창백하다는 것, 온몸으로 불행의 표정을 짓고 있다는 것, 그런 것뿐이었다. 솟구친 긴장감의 게이지는 사그라지고 이내 이름을 붙일 수 없는 어떤 감정만이 소년의 심장을 단박에 그러쥐었다. M이 엘리베이터를 나올 때, 소년은 빠른 걸음으로 M을 스쳐 지나갔고 곧바로 엘리베이터 안으로 뚜벅뚜벅 걸어 들어갔다. 띠띠띠띠. 전자 키에 비밀번호를 입력하는 소리를 등 뒤로 들으며 소년은 엘리베이터의 열림 버튼을 손톱에 피가 몰릴 만큼 있는 힘껏 누르고 있었다. 곧 귀에 익은 멜로디와 현관문 닫히는 소리가 들려왔고 그제야 소년은 버튼에서 손가락을 뗐다. 엘리베이터가 움직이기 시작했다. 소년은 차가운 모서리에 쓰러지듯 몸을 기대었다.

생각했다.

아무도 없는 작은 방에서 혼자 앓는 사람에게 필요한 근사한 꿈에 대해서. 한숨 자고 일어나면 잠들기 전의 모든 것을 잊을 수 있는 꿈이 있다면 어떤 꿈이어야 하는지, 소년은 407호 앞에 도착해서도 생각하고 또 생각했다.

＊

　현관문을 열고 방으로 들어서자마자 미수의 몸이 붕 떠올랐다. 어떤 거대한 손이 708호를 상자처럼 살짝 들어 올려 이리저리 흔들고 있는 것 같기도 했다. 방 전체가 하나의 악기인 듯 여기저기서 음악이 들려왔고, 머리칼은 물속의 해초처럼 너풀거렸다. 허공을 나는 기분은 황홀했다. 구름 위에 앉아 있는 느낌이 이럴까. 처음의 당혹감과 두려움은 사라지고, 미수는 그저 소리 없이 웃으며 온몸을 허공에 맡겼다. 빵가루 같은 따뜻하고 밝은 햇살이 방 안을 가득 채웠고 손가락 사이로 지나가는 바람은 새의 깃털처럼 포근했다. 끊임없이 날고 또 날았다. 방은 점점 더 커져 갔고 발밑은 까마득하게 멀었다. 현수? 아주 멀게 느껴지는 방 끝에서 야구 모자를 쓴 남자아이가 등을 보인 채 서 있는 게 보였다. 미수는 닿을 수 없다는 걸 알면서도 최대한 멀리 손을 뻗었다. 남자아이가 멈칫멈칫하며 뒤를 돌아보려는 순간, 바로 눈앞에서 문 하나가 닫혔고 미수는 곧 눈을 떴다.

　근사한 꿈이다.

　깨어난 미수는 천장을 올려다보며 그렇게 되뇌었다. 근사하긴 했지만 다시는 꾸고 싶지 않은 꿈이기도 했다. 매트리스 옆엔 빈 약봉지와 반 정도 마신 드링크제 병이 다정한 친구들처럼 나뒹굴고 있었다. 감기약 때문인지, 이번에도 끝내 현수의 얼굴을 보여 주지 않은 꿈의 연출 때문인지 머릿속이 무거웠다. 몸을 일으켜 앉은 채로 식은땀에 젖은 옷부터 벗었다. 옷을 벗다가 문득 창가 쪽을 쳐다보니 창문은 방 안의 어둠보다 더 까맸다. 흘러간 시간이 손에 잡히지 않았다.

이 방에서는 이렇듯 시간 감각이 자주 상실된다.

햇빛이 거의 들지 않는 이 방의 단 하나뿐인 창문으로는 낮과 밤 정도만 구분할 수 있었다. 그래서 지금처럼 형광등을 끈 채 낮에 잠들었다가 저녁에 눈을 뜨면 얼마나 많은 시간이 잠 속에서 휘발되어 버렸는지 짐작도 되지 않았다. 그건 윤을 매료시켰던 이 방의 능력이었다. 하지만 때때로 이 방에 너무 많은 시간이 밀려와 쌓이곤 한다는 것을 윤은 모를 것이다. 세상 사람들이 쓰다가 내다 버린 시간의 더미 같은 이 방을 그는 한 번도 경험하지 못했으니까. 그럴 때면 아무리 수시로 시계를 확인해도 시침과 분침은 좀처럼 움직이지 않았고 어제와 오늘은 경계 없이 연결되어 날짜 구분도 모호해졌다. 지나간 시간은 시시때때로 현재를 침범했고, 기대치가 없는 미래 또한 자주 현재의 시간에 되비쳐졌다. 추억할 과거도, 꿈꿀 미래도 없었다.

기본적인 가구와 전자 제품이 마련되어 있고 샤워가 가능한 화장실도 딸려 있는 이런 방조차 가질 수 없었던 날들도 있었다. 그때는 방다운 방 하나가 미수의 꿈이었고 일을 하는 유일한 이유였다.

할머니가 돌아가시면서 삼촌 집을 나왔을 땐 학교 근처 하숙방을 전전했고, 고등학교를 졸업하자마자 혼자 서울로 올라와서는 보증금도 없고 한 달 이용료도 상대적으로 저렴한 고시원에 짐을 풀었다. 고시원에서는 2년 가까이 살았다. 곧게 누우면 온몸이 방 크기에 딱 맞게 조율되던 그 방에 대한 기억이라면 할머니 방의 벌레들마저 그리울 만큼 지독하게 외로웠다는 것뿐이다. 창문도 없는 방이었으므로 그곳에서는 낮과 밤의 구분도 되지 않았다. 미수는 자다 깨다를 반복하다가 새벽에야 잠이 들곤 했다. 최소한의 생필품과 식량만이 갖추어진 배 한 척에 몸을 싣고 목적지 없이 길고 긴 항해를 하고 있다는 기분에 휩싸일 때도 많았다. 문을 열고 나가면, 서울은 언제나 불시착한 섬처럼 낯설게 다가왔다. 미수는 그곳에서 말을 아끼는 습관과 사람들과 일정한 거리를 유지하는 기술을 배웠다. 서울에서의 첫 직업이었던 내레이터 모델을 할 때, 그 고시원 방이 가르쳐 준 습관과 기술은 유용했다. 사회에서 만난 사람들이 미수에 대해 아는 거라곤 직업이나 나이, 혹은 최종 학력과 고향처럼 공식적인 서류에 기록되는 정보들에 지나지 않았다. 간혹 함께 저녁 식사를 하거나 전화 통화를 하며 표면적인 안부를 주고받는 친구들도 생겼지만 그들이 미수에 대해 아는 것 역시 선호하는 음식, 체질에 맞지 않는 술의 종류, 채식주의자의 여부 등과 같이 고백의 과정 없이도 알아낼 수 있는 범위에 불과했다.

낯선 사람들 앞에서 정해진 안무에 따라 기계적으로 춤을 추고 아무리 목이 잠겨도 '솔' 음에 맞춰진 고성으로 상품을 홍보해야 하는 내레이터 모델 일은 끔찍했다. 일이 잡혀 있는 날엔 아침부터 체증과 헛구역질 같은 거부반응이 나타났다. 내레이터 모델로 버는 돈으로는 생활도 빠듯했기 때문에 애초의 계획처럼 따로 기술을 배우러 다닐 수도 없었고 입시 학원에 등록하는 것도 사실상 불가능했다. 그 당시 고시원이 아닌 방다운 방에서 살고 싶다는 꿈은 말 그대로 그냥 꿈이었다. 그 꿈에 닿고 싶은 열망은 너무도 간절했지만 미수는 단 한 번도 빚을 진 적은 없었다. 빚을 지면서까지 반듯한 방을 마련하고 싶다는 욕심도 결단코 품어 보지 않았다.

빚을 지는 인생이란, 생각만으로도 구토가 치민다.

미수는 창가로 향했던 시선을 거두고는 주춤주춤 일어나 형광등을 켰다. 오늘따라 유독 밝은 형광등을 미수는 두 눈을 깜빡이며 가만히 올려다봤다. 옷과 타월 등이 잘 정돈되어 있는 빨래 건조대와 냉장고 문에 나란하게 줄을 맞춰 배열된 여섯 개의 식당 메뉴판에도 미수의 시선은 오래 머물렀다. 그러고 보니 방 안 어딘가에 두었던 회색 야구 모자가 보이지 않았다. 혼란스러웠다. 윤이 언제 이 방에 왔다 간 건지 계산이 잘 되지 않았다. 어젯밤까진 이런 변화가 없었고 오늘은 윤도 미수와 함께 아침부터 근무를 했다. 점심시간이 지나면서 몸 상태가 극도로 나빠져 또 다른 안내원에게 대근을 부탁한 뒤 빌딩 관리 팀에 조퇴 신청을 했을 때만 해도, 윤은 평소처럼 로비를 오가며 미수를 못 본 체했었다. 조퇴 허가를 받은 후엔 곧바로 빌딩을 나와 택시를 잡았고 택시는 한낮의 서울 도로를 막힘없이 잘 달려왔다.

미수는 일단 화장실로 들어가 샤워기를 틀었다. 샤워를 하고 나면 생각이 정리될 것 같았다. 샤워기에서 흘러나오는 따뜻한 물은, 그러나 아무것도 정리해 주지 못했다. 오히려 미수는 조금씩 선명하게 나타나는 어떤 이미지들 때문에 괴로워졌다. 엘리베이터, 10대 후반으로 보이던 남자아이, 그리고 회색 야구 모자……. 아니, 회색이 아니라 검은색이었던가. 미수는 수도꼭지를 잠그며 젖은 머리칼을 뒤로 넘겼다. 그럴 리가 없다. 그럴 리가 없다는 걸 알면서도 미수는 또 한 번 혼란에 휩감겼다. 가능한 일이라고, 미수는 곧 고쳐 생각했다. 이 건물은 10층짜리였고, 주차 공간과 관리실이 자리하고 있는 1층을 제외한 나머지 층엔 각각 열 개의 원룸이 복도를 사이에 두고 마주 본 형태로 빽빽하게 이어져 있다. 그러니 이 건물엔 총 아흔 개의 원룸이 있는 셈이다. 아흔 개의 원룸이 있다는 건 최소한 아흔 명의 사람들이 거주하고 있다는 의미이다. 아흔 명, 아니 그 이상의 사람들 중에서 윤과 똑같은 야구 모자를 갖고 있는 사람이 한 명 정도는 있을 수 있었다. 설혹 708호를 드나드는 사람이 윤이 아니라 그 남자아이였다고 해도 이 가정엔 허점이 너무 많았다. 지난 넉 달 동안 일어났던 이 방의 변화를 생각할 때 이곳을 드나들었던 자는 미수에게 절대적으로 우호적인 사람이어야 했다. 같은 건물에 산다는 이유로 타인의 방에 몰래 숨어 들어와 소모품을 채워 주고 형광등을 갈아 주는 사람은 없다. 없을 것이다. 게다가 이 방의 전자 키 비밀번호를 아는 타인은 오로지 윤뿐이다. 그런데……

그런데, 내가 그 아이를 전에도 본 적이 있던가.

미수는 자신할 수 없었다. 오늘처럼 야구 모자를 깊이 눌러쓴 왜소한 체격의 남자아이를 원룸 건물 근처 상가나 놀이터 혹은 주차장 구석에 마련된 우편함 앞에서 마주친 적이 있는 것도 같았지만 미수에겐 주변 사람들을 주의 깊게 쳐다보는 습관이 없었다. 수건으로 몸의 물기를 닦은 뒤 대충 옷을 껴입고 화장실을 나서는데 문득 그 야구 모자의 나이가 궁금해졌다. 고등학생 같아 보이진 않았지만 미수는 그 애도 분명 열여덟 살일 거라는 데 마음속 패를 던져 보았다. 꼭 판돈을 벌고 싶어서가 아니라 멋지게 지고 싶어 패를 던지는 게임도 있는 법이었다. 현수가 살아 있다면, 바로 그 나이였다.

*

　넷째 주 토요일, 오늘은 소년이 현수를 만나는 날이다.
　소년은 오랜만에 아침 일찍 일어나 샤워를 했고 거울을 보며 말끔하게 면도도 했다. 행거 앞에서 신중하게 옷을 골랐고 평소에는 잘 쓰지 않는 스킨을 얼굴과 목 등에 두둑이 발랐다. 지갑엔 현금 5만 원도 들어 있었다. 소년은 오늘을 위해 얼마 전, 한 달 동안이나 하루 네 시간 이상씩 투자해서 겨우 얻은 게임 아이템 두 개를 팔았다. 현수를 만나러 가는 길에는 예상하지 못한 여러 장애물들이 잠복되어 있게 마련이므로 현금 없이 출격한다는 것은 부담스러운 일이다. 꼭 쓸 일이 생기지 않더라도, 지갑 속 현금은 파이터에게 주어지는 여분의 에너지처럼 마음의 무기가 되어 줄 때가 있다.
　평소에 소년은 편의점에서 생수 하나를 살 때도 타인 명의의 신용카드를 사용해 왔다. 신용카드 결제금은 모두 보스의 통장에서 자동이체된다. 신용카드 결제 내역을 통해 보스는 소년의 생활을 감시하고 조종할 수 있었다. 물론 소년에게도 대포 통장이 있긴 하지만 보스가 한 달에 한 번씩 송금해 주는 돈의 액수는 공과금을 내고 나면 남는 것이 거의 없는 수준이었다. 현금 대신 신용카드로 살아가도록 유도하는 이런 방식은 소년의 생활권을 제한하기 위한 보스 나름의 전략인 셈이다. 이 전략이 유지되는 한 보스의 자장(磁場)에서 벗어나려는 시도는 번번이 실패할 수밖에 없을 터이다. 소년이 사라지면 보스는 소년의 가방 속에 들어 있는 아홉 개의 신용카드부터 사용 중지를 시켜 버릴 테니.

다시 한 번 지갑을 열어 현금을 확인한 소년은 미리 세탁해 놓은 운동화를 꺼내 신고 원룸 건물을 나가 지하철역 쪽으로 걸었다. 현수의 논술 학원이 끝나려면 아직 두 시간이나 여유가 있었지만 마음이 조급해서 가만히 있을 수가 없었다. 오늘 현수는 학교 수업이 없다. 대신 강남역 근처 논술 학원에서 오전반 수업을 들어야 하고, 논술 수업이 끝나면 다시 대치동에 있는 영어 학원으로 가야 한다. 소년이 현수를 만날 수 있는 기회는 녀석이 논술 학원에서 영어 학원으로 이동할 때와 영어 학원이 끝난 후 집으로 가기 위해 대치동 거리를 걸을 때, 딱 두 번뿐이다. 그마저도 녀석은 대기하고 있던 에쿠스에 탑승하여 이동할 때가 많으므로 정신을 집중해서 살피지 않으면 그 두 번의 기회조차 놓치기 십상이었다.

강남역에 도착한 후엔 2번 출구로 나가 현수의 논술 학원 맞은편에 있는 '던킨도너츠'의 출입문을 열었다. 이제부터 침착해야 했다. 이곳은 적의 영토이고 소년은 운명을 함께할 동족 한 명 없이 혼자 나아가야 하는 것이다. 쟁반에 도넛 두 개를 담아 계산대 앞으로 걸어간 소년은 굵은 침을 한 번 삼킨 후 준비한 대사를 건넸다.

"스트로베리 바나나 쿠, 쿨라타 한 잔도요."

얼마 전, 던킨도너츠 홈페이지로 들어가 외워 둔 음료수 이름은 이번에도 제대로 발음되지 못한 채 입안을 헛돌았다. 수시로 연습했는데도 실수하고 말았다는 생각에 얼굴이 화끈거렸다.

"6500원입니다, 손님."

천천히 고개를 들었다. 주황색 빵 모양의 모자를 쓴 여자애는 또래로 보였다. 빵모자와 시선이 부딪쳤다. 소년은 그제야 크로스 백에 손을 넣어 주섬주섬 신용카드 한 장을 꺼냈다. H사의 신용카드였다.

"해피포인트 카드나 할인 쿠폰은 없으세요?"

빵모자가 따분해하는 목소리로 다시 물어 왔다. 소년은 시선을 내리깐 채 고개를 내저었다. 순식간이었지만, 소년은 보았다. 빵모자의 날카로운 눈빛과 불쾌해하는 듯한 표정을. 그건, 버그를 못 견뎌 하는 세계 안쪽의 안전한 길드(guild)에서 보내오곤 하던 익숙한 신호들이었다.

어디, 대체 어디에 있는 거지?

날마다 거울을 보면서 세수를 하고 이를 닦고 면도를 하지만 소년은 아직 자신의 몸에서 그 어디에도 소속되지 못한 자의 붉은 낙인을 찾지 못했다. 겨드랑이나 발바닥에 얼굴을 묻고 냄새를 맡아 보기도 했으나 포기가 곧 아웃인 세계만을 배회해야 하는 고독한 파이터의 흔적도 감지한 적 없다. 그런데도. 소년은 납득이 되지 않아 괴로웠다. 그런데도, 사람들은 군중 속에서 소년을 식별했고 이렇듯 무언의 눈빛과 표정으로 소년의 전진을 제지한다. 가격이 뜨는 계산대 액정을 통해 소년은 보았다. 눈동자, 저런 눈동자, 타인에게 치명적인 해를 입힐 가능성이 있는 자만이 가질 수 있는 건조하게 번뜩이는 눈동자를.

적의 영토에서 소년을 되비추는 모든 파편들은 하나같이 이런 식이었다. 거리의 쇼윈도와 공중화장실의 직사각형 거울, 식당 테이블에 놓여 있는 스테인리스 숟가락에도 소년은 남들과 구분되는 모습으로 들어가 있곤 했다. 그는 누추했고 그는 어리석어 보였으며 그는 미래가 없는 인간처럼 무표정했다. 그의 눈은 자주 충혈되어 있었고 그의 옷소매는 더러웠으며 그의 입술은 악의적인 욕설들이 금세라도 쏟아져 나올 것처럼 번들거렸다. 뭐, 뭘 봐. 예전에 함께 살던 형들은 지나가는 여자들이 자신들을 흘겨본다 싶으면 거침없이 내뱉었다. 뭘 봐, 쌍년. 그러고는 길바닥에 가래침을 한 번 내뱉은 뒤 사람들을 밀치며 호기롭게, 아니 실은 슬쩍 주변의 눈치를 살피면서 가던 길을 다시 걸어갔다.

"쌍, 싸앙, 년."

사운드를 너무 작게 맞춰 놓았던가. 빵모자는 아무것도 듣지 못한 것 같다. 빵모자는 그저 신경질적으로 카드를 긁다가 돌연 소년을 빤히 쳐다보며 쌀쌀맞은 목소리로 말할 뿐이었다.

"손님, 죄송하지만 이 카드는 승인이 안 되는 카든데요."

전국의 놀이공원과 맥도날드 같은 몇 개의 패스트푸드 체인점을 할인된 가격으로 사용할 수 있는 카드였다. 강릉이나 경주 같은 관광도시의 주요 호텔과 콘도에서는 최고 50퍼센트까지 가격을 할인해 준다고도 했다. 하지만 소년은 놀이공원이나 호텔에서 저 카드로 결제를 해 본 적이 없다. 아니, 그런 곳을 가 본 적조차 없다. 소년에게 놀이공원이나 낯선 도시의 호텔이란 함부로 발을 들여놓아서는 안 되는, 그 안에 든 보물 따위를 탐하지 않으려면 소문으로나 듣고 곧바로 잊어야 하는 머나먼 왕국의 비밀스러운 첨탑 같은 곳이었다.

지갑에서 다른 카드를 꺼낼 필요는 없었다.

검은색 정장을 입은 여자 한 명이 허겁지겁 계산대로 걸어오더니 소년 쪽을 살피며 빵모자의 귀에 무언가를 속닥이는 걸 소년은 불안한 눈으로 흘끗거렸다. 그새, 저 카드에 가입된 실제 이름의 주인이 이곳으로 전화를 걸어온 것일까. 소년은 그자의 신용 정보를 정확하게 기억할 수 없었다. 새벽의 지하철역에서 이름과 주민등록번호를 팔아넘긴 노숙자들이나 가출한 아이들은 아닐 것이다. 노숙자들은 뒤늦게 신고를 할 만큼 영악하지 않고, 미성년자일 뿐인 가출한 아이들은 신용카드 신청 자격조차 없다. 아마도 저 카드는 보스가 갖고 있던 개인 정보 목록에서 골라 낸 평범한 사람의 신용으로 만들어졌을 것이다. 상상되었다. 수입의 일부를 늘 연금이나 적금에 할당하고, 월말이면 신용카드 영수증과 카드 결제 내역을 하나하나 비교하고, 회사 동료들의 경조사를 실수 없이 챙길 것 같은 꼼꼼한 사람이 자신의 이름과 주민등록번호로 버젓이 다른 신용카드가 발급되어 사용되고 있다며 전화기를 붙든 채 불같이 화를 내는 모습이 눈에 보일 듯 선명하게 그려졌다.

소년은 곧 돌아섰다. 한가롭게 도넛을 고르던 사람들을 밀치며 출입문 쪽으로 휘적휘적 걸어가는데 등 뒤에서 점원이 외쳤다. 손님, 카드 가져가셔야죠! 출입문을 열고 나오자 점원의 다급한 목소리와 사람들의 웅성임은 이내 청각의 범위에서 벗어났다. 소년의 발이 빨라지고 있었다. 그곳에서 멀어지면 멀어질수록 도심 한복판에 신기루처럼 세워져 있던 핑크빛 과자의 집은 점점 더 빠르게 소멸될 것이다. 소년은 세상의 끝까지 이대로 쉬지 않고 달려가고 싶었지만 일단은 무조건 뛰고 보아야 한다는 맹목적인 마음은 너무 일찍 소모되어 버리고 말았다. 도망자가 주인공인 게임은 퍼즐 게임만큼이나 재미가 없다. 모든 감각이 소년의 살갗에서 5센티미터 정도 떨어진 채 둥둥 떠다니고 있을 뿐이었다.

다섯 번째로 모퉁이를 돌았을 때부터는 달리기를 멈추고 느긋하게 걷기 시작했다. 마침 빌딩 옥외에 설치된 멀티비전으로 화면 바깥의 유저들이 입력하는 자막이 고요하게 떠오르고 있었다. "1단계 clear." 이 순간, 다시는 리셋되기 이전의 세상으로 되돌아가지 못한 채 영원히 불법적인 인간으로 떠돌지도 모른다는 그 지긋지긋한 불안감이나 상실감 따윈 없다. 아니, 그런 감정이 구체적으로 어떤 느낌인지 알려 주는 매뉴얼 파일을 소년은 아직 발견하지도 못했다. 다만 이제 막 하나의 결투를 성공적으로 마치고 한 단계 레벨 업된 플레이어처럼 조금, 피곤할 뿐이었다.

여섯 번째 길모퉁이에는 포장마차 하나가 간이 에너지 충전소처럼 소년을 기다리고 있었다. 아침부터 아무것도 먹지 않아서인지 발걸음이 자연스럽게 그곳으로 향했다. 소년은 만두 1인분을 시킨 뒤, 뜨거운 김이 나는 오뎅 하나를 집어 덥석 입에 물었다. 만두가 나오는 동안 소년은 밭은기침을 해 가며 오뎅 두 개를 급하게 씹어 삼켰다. 지갑 속에는 신분 확인

없이도 통용될 수 있는 현금이 들어 있으므로 긴장감 같은 건 파렴치한 기계들의 쓰레기통으로 내던져도 상관없을 것이다. 뜨거운 국물이 들어가서인지 관절과 관절을 이어 주던 나사들이 느슨하게 풀어지면서 마음도 편안해졌다. 차갑게 식어 있던 기계 심장은 따뜻하게 데워졌고 온갖 전선으로 엉켜 있을 머릿속도 한결 가벼워지는 것 같았다. 논술 학원 근처를 배회할 마음은 이미 사라지고 없었다. 차라리 대치동에 자리한 영어 학원으로 이동하여 결정적인 한순간을 노리는 것이 더 나을 것이다. 영어 학원은 저녁 6시에나 끝이 나니 시간은 넉넉하게 충전된 셈이었다.

포장마차를 나오자 바람이 차가워져 있었다. 소년은 사람들 사이를 헤치며 화려하게 장식된 강남의 쇼핑가를 걸었다. 연말을 앞둔 강남 쇼핑가는 북적이고 활기가 넘쳤지만 소년이 이제껏 접속했던 그 어떤 세계보다 추웠다. 소년이 잠시 걸음을 멈춘 곳은 언젠가 현수가 입고 있었던 체크무늬 셔츠가 걸린 의류 매장 쇼윈도 앞이었다.

소년은 곧 매장 안으로 들어가 남성 의류 코너에서 그 셔츠를 찾아낸 뒤 비어 있는 탈의실 문을 열었다. 탈의실 앞면엔 전신 거울이 설치되어 있었다. 소년은 거울을 마주 보며 점퍼와 셔츠뿐 아니라 벗을 필요 없는 바지와 양말까지 모두 벗었다. 이내 팬티만 걸친, 갈비뼈까지 적나라하게 드러나는 깡마른 체격의 버그 한 마리가 거울 위를 기어 다니기 시작했다. 결국 거울을 벗어나지 못하고 같은 자리만 빙빙 돌고 있는 그 버그를 소년은 무릎을 모으고 앉아 물끄러미 건너다봤다. 체크무늬 셔츠는 입어 보지 않았다. 어차피 남아 있는 현금으로는 계산할 수 없는 가격의 옷이었다. 탈의실을 나온 후엔 체크무늬 셔츠 대신 야구 모자 하나를 골라 현금으로 구입했다. 새 야구 모자를 쓰고 다시 거리로 나오니 개업한 화장품 가게 앞에서 바니 걸 차림으로 춤추고 소리 지르며 샘플을 나눠 주는 두 명의 내레이터 모델들이 눈에 들어왔다. 짧은 스커트 아래로 드러난 하얀 다리가 추워 보였다. 소년은 점퍼 주머니에 두 손을 찔러 넣은 채 오랫동안 그들을 지켜보았다.

오후 4시가 되어서야 지하철역으로 걸어가 계단을 내려가는데 예상하지 못한 노이즈로 두통이 밀려왔다. 감각은 때로 기억보다 강렬하게 육체를 지배한다. 저 녀석이야? 완전 꼬마네. 빚진 년은 어떤 놈이랑 외국으로 토꼈대. 외국 어디? 일단 일본으로 갔다지만 그 후야 모르지. 보상금은 얼마나 나온대? 빚진 거랑 이자랑 대충 맞나 보던데. 그럼 결국 애새끼 팔아서 돈 갚은 거네. 뭔 사연이 그렇게 더럽냐. 자기 몫으로 주어진 저녁밥을 쳐다보지도 않고 죽은 듯이 벽을 향해 누워 있으면 형들은 그런 말들을 주고받으며 카드 패를 돌렸다. 끊임없이 피어오르는 담배 연기 속에서 이내 술에 취해 서로에게 욕을 하고 주먹을 날리던, 절대적인 복종과 명목 없는 폭력 외에는 아무것도 제대로 할 줄 몰랐던 이상하고도 거대하게 슬펐던 형들. 소년은 형들이 엄마를 욕하는 게 밥을 굶는 것보다 싫었다. 그런 날이면 피가 나도록 입술을 깨물고 또 깨물었지만 그들의 이야기는 변하지 않았고 말들은 끊임없이 재생되었다.

대치역에 도착한 후에는 8번 출구로 나가 영어 학원 근처에 있는 커피숍에서 뜨거운 우유 한 잔을 주문했다. 다행히 지갑엔 우유 값에 해당하는 현금이 남아 있었다. 다른 여덟 개의 카드엔 별 문제가 없겠지만 소년은 카드 대신 남은 현금을 모두 꺼냈다. 오늘 하루만큼은 무사하고 싶었고 그 어떤 거짓된 언어로도 마음을 다치고 싶지 않았다.

우유 잔이 담긴 쟁반을 들고 2층으로 올라가 창가 바에 앉자 창문에는 사람들이 두런두런 이야기를 나누는 모습이 희미하게 비쳤다. 소년을 화제로 삼아 이야기를 하고 있는지도 몰랐다. 고작 빚으로 교환되어 사라진 운명과 그 피에 새겨진 치욕스러운 과거에 대해서 무심한 듯 가볍게 떠들어 대고 있는 건지도. 소년은 우유에 담겨 있던 스트로를 꺼내 아침부터 입안을 맴돌고 있던 그 단어를 초록색 바 위에 천천히 썼다.

많은 상상을 했다. 위조 여권으로 미국에 입국한 후엔 녀석의 학교 근방에 방 하나를 얻는다. 미국이라면 총을 구하는 것이 힘들지는 않을 것이다. 총알은 시리얼 번호가 찍혀 있지 않아야 할 테니 암거래 시장에서 구입해야 할 터이다. 총과 총알이 모두 준비되면 아무도 없는 새벽 바닷가를 찾아가 한두 번 정도 연습을 해 보리라. 결전의 날이 오면 과묵하고 허점 없는 킬러처럼 날 세운 검은색 양복을 차려입고는 녀석이 오가는 길 근처에 잠복하고 있을 것이다. 늦은 밤, 인적 없는 골목에 드디어 녀석이 나타나면 있는 힘껏 방아쇠를 당긴다, 당긴다, 당긴다…….

보스에게서 현수와 관련된 서류를 받은 그날부터, 아니 M의 방을 드나들게 된 이후부터, 소년에게는 새로운 미션 하나가 배당된 셈이었다. 녀석의 모든 아이템을 뺏어 와 아예 녀석이 되는 것, 그것이 바로 소년의 새 미션이었다. 게임이 끝나면 소년은 녀석이 되어 있을 것이고, 녀석은 예전의 소년처럼 자취도 없이 삭제될 것이다. 유쾌하지 않은 반복이긴 하지만 그건, 그 누구의 잘못도 아니다.

식은 우유가 비리다. 창밖의 화면은 그새 선명도와 해상도가 한참 떨어져 있었고, 그 한가운데서는 흐릿한 실루엣에 갇힌 소년의 얼굴이 점점이 떠오르고 있었다. 소년은 오른손 엄지와 검지로 총 모양을 만들어 그 얼굴을 향해 조준을 했다. 탕. 탕. 돌을 던진 수면처럼 창문에 비치는 모든 것들이 파문을 일으키며 흔들리기 시작하더니 이내 소년의 눈과 코, 입과 귀가 따로따로 흩어져 창문 위를 둥둥 떠다녔다. 문득 시선이 느껴져 어깨를 옹송그린 채 주위를 살펴봤지만 아무도 소년을 쳐다보지 않았다. 소년은 다시 자세를 바로 하고 한 번 더 조준을 했다. 탕. 탕. 한 번이어야 한다. 고통을 최소화하기 위해선 단 한 발의 총알로 급소를 명중해야 한다. 두 발도 안 된다. 죽는구나, 하는 의식조차 할 수 없을 만큼 찰나의 순간에 모든 것이 끝나야 한다.

성공적으로 미션을 완수하고 나면 소년은 녀석의 방에서, 녀석의 옷을 입고, 녀석의 책상에 앉아 서울에 있는 M에게 한 달에 한 번 정도 편지를 쓸 것이다. 나는 사실 살아 있고 운 좋게도 돈 많은 양부모를 만나 미국의 명문 대학으로 유학까지 오게 되었다고 전해 주리라. 발신자 주소란에는 매번 다른 도시의 이름을 적을 생각이다. 대학 캠퍼스를 배경으로 여유롭게 책을 읽거나 럭비공을 들고 환하게 웃는 모습을 사진으로 찍어 동봉해도 나쁘지 않겠다. 편지를 쓰지 않는 시간에는 녀석의 부유한 부모가 한국에서 보내 주는 용돈으로 번화가의 고급스러운 식당이나 밤새도록 마실 수 있는 클럽 같은 곳을 어슬렁거리면 된다. 이상하게 생각한 녀석의 부모가 미국으로 건너온다 해도 별 문제는 생기지 않을 것이다. 그들은 그저 그들의 착한 아들이 외로운 유학 생활을 견디지 못하고 잠시 동안 어딘가에서 방황하고 있는 거라고 생각하고 말 터이다. 뉴스에서도 몇 번 봤다. 외국 생활에 적응하지 못하고 우울증에 빠져 학교도 졸업하지 못한 채 마약이나 하는 부랑자가 되었다는 유학생들. 현수는 그런 유학생들 중 한 명이 되는 것뿐이다. 용돈이 끊기면 벌면 된다. 보스가 찾아오면 손가락 하나를 내줄 것이다. 그것이 무엇이든 그 모든 것을 감수할 준비가, 소년은 되어 있었다.

한 달 전, 소년은 이미 녀석에게 경고를 했다. 그날은 녀석을 실어다 주는 에쿠스가 보이지 않았다. 기회였다. 학원 앞에서 두리번거리던 녀석에게 다가가는 동안 오랜만에 가슴이 뛰었고, 녀석의 어깨를 치던 소년의 손바닥도 덩달아 떨려왔다. 소년의 손길에 뒤를 돌아보던 녀석과 시선이 마주친 그 순간, 그러나 소년은 준비했던 말들을 모두 잊어버리고 말았다. 키는 소년보다 한 뼘이나 컸지만 가까이서 마주 본 녀석의 얼굴은 멀리서 관찰하듯 지켜봤을 때보다 훨씬 더 앳돼 보였다. 누, 누구세요? 녀석이 머리를 긁적이며 떠듬떠듬 물어왔을 때에야 소년은 정신을 차리고 최대한의 힘으로 녀석을 쏘아보며 낮은 목소리로 뇌까렸다. 조심해. 겁에 질린 녀석이 꾸벅 인사까지 하며 돌아서려 할 때, 소년은 서둘러 녀석의 어깨를 그러잡았다. 조, 심, 하, 라, 구, 우. 마침 큰길에서 커브를 돌아 다가오는 에쿠스가 보였다. 녀석은 에쿠스를 발견하자마자 전속력으로 달려가기 시작했다.

더 이상, 녀석을 쫓지 않았다.

손목시계를 내려다보니 어느새 시간은 저녁 6시가 다 되어 가고 있었다. 애초에 스트로로 썼던 '실종'이라는 단어 중 아직 흔적이 남은 건 'ㅅ'과 'ㄴ'뿐이었다. 소년은 옷소매로 바를 마구 문질러 닦다가 의자에서 벌떡 일어났다. 화가 난 사람처럼 쿵쿵 발소리를 내며 커피숍을 나오자 세상은 그새 비가 내리는 저녁의 도시 풍경으로 새로 세팅되어 있었다. 소년은 건물 차양 아래 서서 아직 다섯 개의 손가락이 온전하게 붙어 있는 손바닥을 내밀어 봤다. 사선으로 떨어지는 빗방울은 하나하나 정교하게 그래픽으로 편집한 듯 투명한 수정체처럼 빛났다.

그날도 이렇게 비가 왔다.

보스의 지시로 세 명의 형들을 따라 처음으로 현장 업무를 나갔던 그날, 열여섯 살의 소년에게 형들 중 누군가가 검은 테이프로 싼 각목을 쥐여 주며 말했다. 들어가자마자 아는 욕은 다 해야 된다. 닥치는 대로 부수고 뽀개 버리고, 알았냐. 소년이 얼떨결에 고개를 끄덕여 보이자 옆에서 힘껏 담배 연기를 들이마시던 또 다른 형이 이어 말했다. 사람은 치지 마라. 그건 우리가 알아서 할 테니까. 매운 연기 속의 형들은 그 어느 때보다 피곤해 보였다. 곧 봉고 차가 섰고 소년은 맨 마지막으로 차에서 내렸다.

늦은 밤의 식당은 초라했고 손님 한 명 없었다. 간판은 기울어 있었고 유리문의 파란색 선팅지는 반 이상이 벗겨진 상태였으며 다섯 개의 형광등 중 두 개는 꺼져 있었다. 형들은 식당에 들어서자마자 문을 안에서 잠그고는 씨발, 씨발, 외치며 들고 온 각목을 휘둘러 대기 시작했다. 그릇들이 깨졌고 테이블이 두 동강 났으며 텔레비전이 바닥으로 내동댕이쳐졌다. 식당 주인인 듯한 할머니가 형들의 바짓단을 붙잡고 굵은 눈물을 뚝뚝 흘리며 애걸했지만 형들의 눈동자는 하나같이 검은빛으로만 일렁이고 있었다. 배당받은 각목 하나를 들고 구석에 서서 부들부들 떨고 있던 소년에게도 할머니는 무릎발로 기어서 다가왔다. 그녀의 눈물방울은 주름진 얼굴만큼이나 늙고 추레해 보였다. 그 눈물이 소년은 낯익었다. 할머니, 할머니야? 마침 방 안에서 20대 중반으로 보이는 청년이 뛰쳐나오지 않았다면 소년은 그 할머니를 부둥켜안고 울먹였을지도 모른다. 두꺼운 안경을 쓰고 있던 청년은 누가 봐도 마르고 섬약한 체구였지만 그의 손엔 칼이 들려 있었다. 형들이 술렁였다. 흥분한 청년은 알아들을 수 없는 말들을 쏟아내며 칼을 휘둘렀고 형들은 한 발 한 발 뒤로 물러났다. 청년을 제압하려던 형 한 명이 청년의 칼을 맞고 주저앉았다. 선홍색 피는 그 식당에서 유일하게 컬러를 띄었고 그 선명한 빛깔은 모두의 감각을 광포하게 일깨웠다. 또 다른 형이 재빨리 뒤에서 청년의 목을 끌어안았고 떨어진 칼을 주워 들은 나머지 형은 청년의 옆구리를 찔렀다. 멀미가 났다. 헛구역질이 일었다.

소년은 잠시, 정신을 잃었다.

다시 눈을 떴을 때 눈앞의 화면은 바뀌어 있었고, 바뀐 화면 속엔 배를 감싼 채 쓰러져 있는 청년이 들어가 있었다. 한동안 그 누구도 온몸을 꿈틀대며 공포에 짓눌린 비명을 내지르는 청년에게로 다가가지 못했다. 어딘가에서 사이렌 소리가 들려오는 것도 같았다. 누군가 제자리에서 꼼짝도 못 하고 있던 소년을 세게 잡아끌었다. 네가 한 걸로 하자. 봉고 차 안으로 떠밀리듯 들어서자 누군가 초조한 듯 두 손을 맞비비며 말했다. 너는 어차피 없는 새끼잖아! 소년은 한 마디도 대꾸하지 않았고 화를 내지도 않았다. 봉고 차에서 내리기 전, 들릴 듯 말 듯한 목소리로 다만 이렇게 주억거렸을 뿐이다. 정말 우리 할머니 많이 닮았어, 형.

그 후로 보스의 조직은 수면 위로 떠올랐다. 청년은 그 후 세 차례나 수술을 받았다고 들었다. 보스는 조직의 거점이랄 수 있는 아파트 두 채를 포기한 후 지방으로 잠적했고 형들도 한 명 두 명 뿔뿔이 흩어졌다. 보스가 다시 나타날 때까지 형들이 돌아가면서 소년을 거두어 주었지만 아무도 그 사건의 진실에 대해선 자세히 알려 들지 않았다. 소년은 자주 세상을 등지고 앉아 타인의 뜨겁고도 서늘한 피가 흐르는 자신의 손바닥을 가만히 내려다보곤 했다. 탈출 따위, 더 이상 꿈꾸지 않았다. 보스를 떠나 잃어버린 신분을 찾으려 시도한다면 그땐 은폐된 버그가 아니라 몬스터가 될 터였고, 소년은 그런 유의 삶을 견뎌 내려면 어떤 무기로 무장해야 하는지 아직 알아내지 못했다.

손안에 들어온 빗방울은 푸르른 차가움을 내뿜고 있었다. 소년은 빗방울 몇 개를 소중하게 주머니에 담아 차양을 나와 영어 학원과는 반대 방향인 지하철역 쪽으로 걷기 시작했다. 걷는 내내 빗방울이 새지 않도록 조심했다. 빗방울을 708호에 갖다 놓으면 밤새도록 영글어 새벽엔 은은하게 빛나는 숲의 열매가 되어 있을지도 몰랐다. 그때였다. 먼 과거로부터 쏜살같이 날아오는 어떤 소리를 감지한 소년은 총구 앞에 선 죄수처럼 갑자기 경직된 자세로 멈추어 섰다. 식당을 뛰쳐나온 후에도 오랫동안 소년의 귓바퀴에 남아 있던 그 울부짖음은 시간의 그물망을 통과하면서 한 발의 총성으로 변했다. 탕. 소년은 돌연 가슴을 움켜쥐며 인도에 주저앉았다. 기계 심장으로부터 유백색 리튬 에너지가 물컹물컹 쏟아져 나와 바닥을 흥건히 적셨다. 날 좀 꺼내 줘. 속삭였지만, 아무도 듣지 못했고 그 누구도 다가와 손을 내밀지 않았다. 소년은 고개를 들어 맞은편 전자 상점 쇼윈도에 진열된 42인치 평면 텔레비전을 가만히 응시했다. "2단계 You lose. Game over." 예상했던, 어쩌면 기대했을지도 모르는 오늘의 두 번째 자막이 뜨고 있었다.

*

서른아홉 번째 포스트는 이렇게 써 보면 어떨까, 그러니까 편지처럼.

나는 오늘 지윤 씨 방에 갔었어. 그 방에 가려면 먼저 폭이 좁고 난간이 허술한 낡은 계단을 올라야 하지. 계단을 오르면 오를수록 벼랑과 벼랑 사이에서 외줄을 타는 기분이 들었어. 사방에선 낯선 바람이 불어왔고 계단 아래엔 박수를 쳐 주거나 환호를 질러 주는 구경꾼도 없었어. 계단은 끝이 없었어. 허공에 들린, 길 잃은 영혼들의 대합실 같은 방에서 지윤 씨는 살고 있는 거였어.

현관문 앞에 도착한 후엔 한참 동안 전자 키를 뚫어지게 내려다보다가 생각나는 대로 숫자를 눌러 봤는데 두 번째 시도에서 문이 열렸어. 현관문의 비밀번호를 휴대폰 뒷자리로 설정해 놓았다는 건 무심한 성격을 보여 주는 거겠지. 어쩌면 살아오면서 특별히 기념하고 싶은 날을 많이 가져 보지 못했다는 의미일지도 모르지. 지윤 씨는 어느 쪽일까.

지윤 씨의 방은 좀 찼어. 오랫동안 밥을 해 먹은 적이 없는 방들이 대개 그렇듯 한 줌의 온기도 느껴지지 않았어. 전기밥솥은 텅 비어 있었고 몇 개 안 되는 그릇과 냄비엔 물기의 흔적이 없었어. 양념 통에 들어 있는 소금과 설탕, 조미료는 딱딱하게 굳어 있었고 식용유 통에선 들큼한 냄새가 났어. 냉장고 안은 생수병 두 개와 유통기한이 지난 두부, 세 개의 계란과 포장도 뜯지 않은 고추장이 전부였고. 나는 냉장고 안을 정리한 뒤 마트에서 사 온 야채와 계란 등을 적당한 곳에 넣어 두었어. 자정쯤에야 지윤 씨가 야간 근무를 끝내고 그 방에 들어가게 된다면 그 사소한 변화들에 조금은 놀랄지도 모르겠어. 하지만 한 번은, 나도 한 번은 지윤 씨의 방을 위로해 주고 싶었어.

지윤 씨는 특별히 좋아하거나 기피하는 음식의 목록을 갖고 있지 않지. 무엇이든 잘 먹는 편이었지만 특별히 먹고 싶은 것이 있다는 말을 먼저 꺼낸 적도 없어. 지윤 씨는 늘, 음식의 맛을 음미하는 일 없이 그저 열심히 먹기만 했어. 몸에 너무 배서 지루하기만 한 노동을 하듯이 말이야.

일단 미역을 물에 담가 놓고 쌀을 씻어 밥솥에 안쳤어. 호

박과 저민 생선을 밀가루와 계란에 묻혀 부쳤고 삶은 당면에 볶아 놓은 시금치와 돼지고기, 버섯을 섞어 잡채도 만들었어. 호박전과 전유어, 그리고 잡채는 내가 어렸을 때 생일이 되면 할머니가 해 주던 음식들이었어. 물에 불린 미역에서는 바다 냄새가 났어. 나는 미역을 담가 놓은 그릇에 코를 박고 한참을 서 있었어. 내가 태어나 자란 K시에는 바다가 없었고 내 곁엔 나를 멀고 먼 바닷가로 데려다 줄 어른도 없었어. 바다에 가고 싶다고 떼를 쓰면 할머니는 미역국을 끓여 주었는데, 발끝을 세워 물에 풀어진 미역 냄새를 맡을 때가 나는 참 좋았어.

음식 준비가 끝난 뒤엔 먼지를 뒤집어쓴 채 책상 아래 방치돼 있던 상을 꺼내 밥과 국, 잡채와 전 등을 올려놓았고 근처 제과점에서 사 온 케이크도 꺼냈어.

지윤 씨가 서른 살이 되는 동안, 나는 고작 다섯 달 정도만 지윤 씨의 삶에 개입했을 뿐이야. 그 다섯 달을 제외하면 내가 지윤 씨에 대해 아는 것은 전무하다시피 하지. 아니, 그 다섯 달도 온전히 안다고 할 수는 없어. 나와 만나는 동안에도 일과를 마치고 혼자 그 방으로 돌아간 지윤 씨가 무엇을 했을지, 어떤 생각을 하며 옷을 갈아입고 샤워를 하고 밥을 먹거나 차를 마셨을지 나는 아무것도 제대로 알지 못하니까.

형광등을 끄고 세 개의 초에 불을 붙이고는 무릎을 모으고 앉아 가만히 촛불을 내려다보는데 설명하기 힘든 기분이 들었어. 단순히 목적지나 동행 없이 고적한 배에 실려 가고 있다는 상상만으로는 그 여백을 채울 수 없는 기분이었어. 난파된 배에 혼자 생존하여 죽은 이들의 닫힌 얼굴을 내려다보고 있어야 하는 고단한 고통에 가까웠다고 하면 좀 더 정확한 표현이 될까. 그런 고통이라면 이미 오래전에 경험한 적이 있지. 이 이야기는 현수가 떠난 이후에 시작되는데······.

현수, 내 동생 현수 말이야. 그새 잊은 건 아니겠지.

현수가 그렇게 떠난 후, 나는 할머니의 방에 갇혀 있어야 하는 시간을 잘 견디지 못했어. 할머니의 방은 현수를 잊지 못했고 구석구석에 그 애의 모든 것을 각인해 놓았어. 티 없이 웃던 얼굴, 사탕이나 과자를 열심히 빨아 대던 분홍빛 혀, 씻겨 준 뒤 수건으로 머리칼을 말려 줄 때마다 재채기를 하던 표정과 팔뚝과 귓불에 돋아나던 솜털의 감촉, 잠투정을 부리고 심술이 나서 울고 트림을 하고 토라져 뾰로통하게 볼을 부풀리고 입술을 내밀어 내 볼에 입을 맞추던 매 순간들을 그 방은 하나도 망각하지 못했고 오히려 날마다 새롭게 기억해 냈어. 그 시절 나는, 아무도 몰래 현수에게 젖을 물리기도 했어. 그럴 때면 그 애는 달콤한 젖이 나올 리 없는 내 납작한 가슴을 물어뜯듯 빨아 대곤 했는데 무서운 흡입력이었어. 통증도 있었고 할머니나 숙모가 어느 순간 문을 왈칵 열어젖히고 이쪽을 노려볼지도 모른다는 생각에 두려움도 컸지만 한동안 그만두지 못했어. 그보다 더 현수를 잘 돌봐 줄 수 있는 방법을 나는 도무지 알 수가 없었으니까.

학교가 끝나면 곧장 집으로 가지 않고 혼자 시내를 배회했어. 전에 없이 삼촌이 나를 불러내어 선심 쓰듯 용돈을 쥐여 주곤 했는데, 일본에 갔을지도 모른다는 엄마를 만나기 위해 돈을 모으다가도 어느 순간 동전까지 다 그러모아 쇼핑가나 팬시점에서 몽땅 써 버리고 나서야 할머니 방으로 돌아갈 수 있었던 날들이었어.

하필 그 무렵이었어. 현수가 떠난 지 2년째 되던 해였고 내겐 누군가를 다시 떠나보낼 준비가 되어 있지 않았어. 그날, 삼촌네 가족은 휴가를 맞아 숙모의 고향인 P시에 갔고 집에는 할머니와 나뿐이었어. 아침에 일어나 할머니 쪽을 돌아본 순간 나는 곧 알아차렸어, 그 모든 상황을. 무슨 말인가를 하고 싶다는 듯 살짝 벌어진 할머니의 입안은 아주 까맸어. 할머니의 몸속엔 피와 뼈가 아니라 적막뿐인 까만 우주 한 덩어리가 꾹꾹 눌려져 있을 것만 같았어. 정말이지 우리 할머니 같지가 않았어. 하긴, 그즈음 할머니는 조금씩 변해 가고 있긴 했어. 현수가 떠난 이후론 더더욱 빠른 속도로. 삼촌이나 숙모는 눈치채지 못했지만 나는 알 수 있었어. 할머니가 기억을 잃어 가는 병에 걸렸다는 걸 말이야. 할머니는 간혹 나를 엄마 이름으로 부르기도 했고 아주 무섭도록 고요한 눈빛으로 허공을 노려보며 현수를 찾으러 서울로 가야 한다고 중얼거리기도 했어. 죽은 현수를 말이야.

근데 참 이상했어. 누군가의 죽음을 직접 본 건 그때가 처음이었는데도 놀랍거나 무섭지가 않았어. 할머니에게도 엄마가 있었겠지. 할머니가 태어나기 이전부터 살았고 사랑했고 곧 태어날 할머니를 위해 구름 위에 방 하나를 마련해 주었을 엄마의 엄마의 엄마가. 나는 울먹이거나 소리를 지르는 대신 그런 생각이나 하며 그 모든 것을 기억하고 있는 듯한 할머니의 두 눈을 가만히 감겨 주었던 거야. 오후에는 젖은 수건으로 할머니의 손과 발, 얼굴과 목덜미를 닦아 주었고 머리칼도 빗겨 주었어. 상처가 나지 않도록 최대한 조심스럽게 손톱과 발톱을 깎아 주기도 했고. 열네 살의 내게 누군가 시체를 염하는 방법을 가르쳐 주었다면 나는 그 일도 혼자서 잘 해냈을 거야. 삼촌네가 돌아올 때까지 이틀 반 동안, 화장실에 갈 때를 제외하고는 그 방에서 한 발짝도 나가지 않은 채 거의 대부분의 시간 동안 할머니의 겨드랑이에 얼굴을 묻고 잠만 잤어. 영혼을 잃은 육체는 조금씩 습기를 잃어 가며 버석거렸어. 악취도 났던가. 그랬겠지만 자각하지 못했어. 나쁜 꿈도 꾸지 않았어. 그저 진짜 혼자가 되었다는 기분이 모래를 삼켰을 때처럼 자주 입안에서 깔깔하게 씹혔을 뿐이야.

이 얘기, 재미없지?

케이크 위의 초는 잘 타고 있었어. 몸을 앞으로 수그려 활활 타오르는 촛불을 껐어. 지윤 씨의 방은 금세 어두워졌어. 깜깜한 어둠 속에서 나는 조금 웃었던 것 같아.

오늘 밤 지윤 씨도 그 방에서 근사한 꿈을 꾸면 좋을 텐데.

생일을 축하해.

포스트를 저장하시겠습니까? 네.
포스트가 저장되었습니다.

포스트를 삭제하시겠습니까?

포스트를 삭제하시겠습니까? 네.
포스트가 삭제되었습니다.

*

또 그 꿈을 꾸었다.

은은한 조명이 흘러나오는 어느 집 창밖에 윤은 서 있다.

창문 안쪽엔 주방이 있고 단란해 보이는 가족이 성찬이 마련된 식탁에 모여 앉아 두런두런 이야기를 나누고 있다. 식탁 가운데 자리에 앉아 있는 남자를 윤도 알고 있다. 그는 육상 서클 동기이다. 윤을 발견한 그는 엉거주춤 의자에서 일어나 반갑게 손을 흔들어 보인다. 윤은 그의 인사에 답하기 위해 무심코 들어 올린 손을 금세 어색하게 내려놓는다. 승용차가 한 대 두 대 다가와 멈춘다. 역시 서클 선후배들이 차에서 내려 윤을 향해 웃어 보이고, 외출복 차림의 여자들도 차문을 열고 나와 남편 혹은 애인의 친구에게 건넬 법한 정중한 목례를 해 온다.

그들처럼 반가워해야 하는데, 충분히 그래야 한다는 걸 알면서도, 윤은 웃을 수가 없다. 한때 허름한 체육관에서 함께 트레이닝을 받았고 학교 앞 술집에서 헛소리나 해 대며 새벽까지 마시고 취했던 그들. 미래가 아직 공백이었던 시절에는 친구이거나 선후배일 수 있었으나 이제는 서로의 연봉과 세금에 무심하거나 무심한 척해야 하는 각기 다른 계층일 뿐이었다. 게다가 그들과의 연락이 끊긴 지는 2년도 넘었다.

꿈속에서 그들은 계속해서 윤에게 어서 오라고 손짓했지만 윤은 움직이지 못했다. 처음엔 멋쩍었고 그러다가 조금씩 부끄러워지면서 이내 무어라 이름 붙일 수 없는 복잡하고도 축축한 감정에 휩싸였다. 헐렁한 트레이닝복 안에 들어 있는 지갑엔 그들 모두를 납득시킬 만한 명함 한 장 없었다. 그들에게 빌딩의 보안 요원이란 필요한 곳에 있게 마련인 소품 같은 존재일 뿐, 함께 저녁을 먹으며 담소를 나누는 구체적인 배역으로는 생각해 본 적 없을 터였다. 윤은 돌아섰다. 골목으로 들어서자 걸음이 저절로 빨라졌다. 윤은 어느새 뛰고 있었다. 한참을 전력을 다해 뛰고 있는데 갑자기 높은 담벼락 하나가 나왔다. 골목 전체엔 사이렌이 울려 댔다. 죄를 지었던가, 내가? 윤은 자문하는 동시에 대답을 회피했다. 어서 빨리 꿈에서 깨어나고 싶다는 생각뿐이었다. 사이렌이 점점 더 크게 울려 퍼지는 가운데 어딘가에서 다닥다닥 다급한 발소리가 들려올 때쯤, 윤은 천천히 눈을 떴다.

어둑한 허공을 가만히 올려다봤다.

꿈일 뿐이었다고 되뇌다가 윤은 자리에서 벌떡 일어났다. 누군가 자신을 보고 있는 것 같아 히뜩 그곳을 쏘아보니 창문에 후줄근한 검은색 양복 차림의 남자가 비쳤다. 사무원 복장을 흉내 낸 도시의 하층 노동자, 윤이었다.

야간 근무를 하고 온 날이면 이렇듯 옷도 갈아입지 못한 채 그대로 침대에 쓰러지는 경우가 많았다. 꿈속에서 사이렌 소리를 제공했던 휴대폰을 양복 상의에서 꺼냈다. 휴대폰 액정에는 W시의 부모님 집 번호가 찍히고 있었다. 아침부터 두 시간 간격으로 전화가 왔다. 통화를 하지 않아도 어머니가 건넬 말들이란 뻔했다. 미역국은 먹었니? 이번 달에도 너 덕분에 무사히 지나가는구나. 느이 아버지, 그래도 밤마다 너 걱정 땜에 잠을 설친다. 미안하다. 어머니……. 통화를 하게 된다면, 오늘만큼은 자신도 모르게 어머니의 말을 자르며 불쑥 끼어들게 될 것만 같았다. 어머니, 제가 무역 회사에서 일하는 게 아니란 거, 실은 아시잖아요, 그렇죠? 그러니까 이제 그만 미안해하시고 그냥 저를 놓아주는 건 어떠세요, 네?

휴대폰 벨 소리가 끊길 때까지 윤은 침착하게 기다렸다.

시계를 보니 새벽 2시였다. 어쩌면 어머니는 단순히 외아들의 생일을 챙겨 주기 위해 전화한 것이 아닐지도 모른다는 생각이 뒤따랐다. 아버지가 갑자기 쓰러졌을 수도 있고 응급실에 실려 갔을 가능성도 배제할 수 없다. 윤은 휴대폰을 다시 집어 와 통화 버튼을 누르려다가 이내 그만두었다. 아버지가 또다시 쓰러지고 응급실에 실려 갔다 해도 윤이 할 수 있는 일은 돈을 부쳐 주는 것 외에는 아무것도 없었다. 가족, 관계, 고통의 분담, 끈끈한 결속감. 불현듯 생각나는 대로 되뇌며, 참으로 아름다운 단어들이라고 윤은 생각했다. 되뇌면 되뇔수록 넌덜머리가 날 만큼 아름다운 단어들이 아닌가 말이다.

쭈그리고 앉아 양말을 벗는데 방 한가운데 차려진 밥상에 또 한 번 시선이 갔다. 미수가 무슨 생각으로 이렇게까지 하는 것인지 윤으로선 이해되지 않았다. 내가 왜 자신을 피하는지 미수는 정말 모르는 것일까, 아니면 다만 모르는 척하는 것일까. 가까운 사람에게만큼은 들키고 싶지 않았던 패배자의 진짜 얼굴을 그녀는 보았고 알아 버렸다. 미수가 모르거나 모르는 척하는 진실은 그것이다. 윤은 답답한 갈증을 느꼈다. 그런데, 미수가 이 방을 찾아올 거라는 예상을 전혀 못 했던가. 윤은 스스로에게 솔직해지고 싶었으나 자신이 없었다. 스스로에게조차 자신 있게 솔직해지지 못하는 관계라면 지나간 선택을 무르는 건 의미 없는 짓일 것이다. 윤은 상 앞으로 다가가 식은 미역국에 밥을 말아 입이 미어지도록 연거푸 숟가락을 밀어 넣었다.

아버지 병원비랑 은행 빚 이자에 아직 남은 학자금 대출 이자까지 도합 80만 원에서 90만 원 정도를 한 달에 한 번씩 꼬박꼬박 내놔야 돼. 게다가 부모님 생활비도 어느 정도 감당해야 하고. 내가 다시 공무원 시험 준비하는 동안, 너 그거 나 대신 해 줄 수 있어? 윤이 미수에게 하고 싶었던 말은 사실 이런 유의 현실적이고도 구체적인 질문이었다. 가능하다면 머리를 맞대고 앉아 적당한 절충안을 도출해 보고도 싶었다.

윤은 숟가락을 내려놓았다.

식욕은 이미 사라졌다. 밥과 반찬을 한쪽으로 밀친 후 이번에는 케이크 상자를 상 위에 올렸다. 초는 한 번씩 켰다 껐는지 심지가 까맸다. 이 빈방에서 미수는 초에 불을 켜고 생일 축하 노래라도 불렀던 것일까. 윤은 엉거주춤 일어나 형광등을 끄고 라이터를 꺼내 초에 불을 붙였다. 초는 마른 나뭇가지처럼 잘 타올랐다. 몇 시간 전, 미수 역시 이런 자세로 앉아 타오르는 초를 내려다보았을 것이다.

피곤하다. 윤은 피곤했다. 도대체 어디에서부터 잘못된 것인지 설명할 수 없는 일들이 지난 4년 동안 너무도 많이 일어났다.

윤은 지금도 자신이 대단한 것을 꿈꾸었다고는 생각하지 않는다. 대학을 졸업하던 해, 윤은 스물여섯의 남자가 가질 수 있는 여러 가능한 패들 중에서도 비교적 소박하고도 단순한 패 하나를 선택해 쥐고 있었을 뿐이다. 소도시의 관공서 말단 서기로 일하며 시간이 남을 땐 개인 운동을 하거나 도내 마라톤 대회에 나가 메달을 따서 동료들에게 자랑을 하고 주말에는 마음이 맞는 여자와 데이트를 한다. 그러다가 결혼을 하고 아이도 낳고 승진을 하고 집과 차를 장만하고 집들이와 돌잔치와 부모의 칠순 잔치를 적당한 수준에서 치러 내고 필요를 느낄 때만 진보적인 성향의 신문을 사서 읽으면서 대체로는 안전하고도 무탈하게 천천히 늙어 가는 것, 윤의 설계도에 들어 있던 것은 이게 다였다.

2년 연속 공무원 시험에 떨어졌다. 매번 합격선에 닿을 듯 말 듯한 점수를 받았다. 포기가 쉽지 않았다. 부모님이 경영

하던 작은 마트는 근처에 대형 마트가 두 개나 들어서면서 지속적인 적자에 허덕이고 있었다. 부모님은 결국 마트를 접은 후 빚만 안고 낙향했다. 윤은 부모님을 따라가는 대신 노량진 근처 고시원에 방 하나를 얻었다. 미래가 두렵지 않은 것은 아니었으나 달리 대안이 없어 다시 공부를 시작할 무렵, 아버지가 뇌출혈로 쓰러졌다는 소식이 전해졌다. 실패한 마트로 인한 은행 빚 이자는 고스란히 윤에게로 넘어왔다. 윤은 책을 덮었다.

하지만 그땐 1년만 계획을 유보하자고 계산했을 뿐, 미래 자체를 바꿀 생각은 전혀 없었다. 그랬기 때문에 정식 직장이 아니라 일하면서도 틈틈이 공부할 수 있는 아르바이트 자리를 찾아다녔다. 낮에는 식당 배달을 나갔고 새벽엔 택배 회사의 물류 창고 하역 팀에서 일했다. 대리운전도 해 봤고 생활용품 공장의 생산 라인에서 일한 적도 있었다. 바빴다, 늘, 매 순간, 쉴 틈 없이. 공부에 배당할 수 있는 시간은 조금씩 단축되어 갔고, 어느 날부터인가는 아예 책 한번 펼쳐 보지 못하고 곯아떨어지는 하루하루가 연이어졌다. 그 와중에도 비관적인 감정은 마음의 허술한 구석을 민첩하게 찾아 들어와 윤을 괴롭혀 댔다. 아침마다 잘 차려입은 사람들이 버스 정류장이나 지하철역으로 종종걸음 치는 모습을 보고 있으면 감당할 수 있는 수준을 넘어서는 질투심이 머리보다 가슴을 먼저 가격했다. 타인의 타액으로 번들거리는 빈 그릇을 배달 통에 담거나 손톱이 깨진 거칠어진 손으로 식은 밥을 씹지도 않고 삼킬 때면 마음속에서 초조감이 한 켜씩 자라기도 했다. 윤은 의도적으로 그 어떤 일도 두 달 이상은 하지 않는 방식으로 그때의 그 지긋지긋한 감정들과 싸웠다. 언제부터인가 월급 대신 일당을 받는 공사장이나 행사장 같은 곳을 전전하기 시작했다. 일당을 만 원이라도 더 주는 곳이라면 자다가도 벌떡 일어나 옷을 챙겨 입고 고시원을 나섰다. 언젠가 새벽 인력시장에서 일당 30만 원을 부르는 사내를 멋모르고 따라갔다가 강제 철거단에 끼여 꼭 어머니 같은 여자들의 뒷등을 발로 내리찍은 적도 있다. 누군가를 밀치고 밟고 내동댕이치다가 문득 고개를 드니 상점의 금 간 유리 진열장에 낯익은 자의 모습이 비쳤다. 얼굴색은 붉고 눈동자는 메마르고 표정은 악의적으로 일그러져 있던, 누가 봐도 철거단 깡패인 그자가 바로 자신이라는 것을 깨닫는 데는 그리 긴 시간이 걸리지 않았다.

그때는, 그 모든 것이 진짜 인생은 아니라는 믿음이 있었기에 견딜 수 있었다.

하지만 1년이 지나도 변하는 건 없었다. 아버지의 병세는 호전되지 않았고 식당에 주방 보조로 틈틈이 일을 나가던 어머니도 시름시름 잔병에 시달렸다. 조금이라도 목돈이 생기면 부모님 중 한 명이 백내장 수술이나 치과 치료를 받아야 하는 상황이 발생했다. 꾸준히 줄어들던 서클 사람들과의 연락은 그 무렵 완전히 제로 상태가 되었다. 하나 둘, 사회생활이라는 궤도에 진입하게 된 그들은 전화를 받지 않는 지나간 친구를 인내심 있게 기다려 줄 만큼 한가하지 않았다. 아니, 세상 누구도 일방적으로 연락을 해야 지켜지는 관계를 유지할 만큼의 여력은 갖고 있지 않은 것이다. 언제부터인가 윤은 영화관이나 백화점처럼 사람들이 많이 모이는 곳 자체를 잘 다니지 않게 되었다.

윤은 촛불에서 시선을 거둔 후 책상 쪽으로 다가갔다. 파일 케이스는 그대로 있었다.

온갖 종류의 아르바이트를 2년여 동안 하면서 윤은 조금씩 깨닫게 됐다. 그런 생활이 가짜라는 확신이야말로 가짜였다는 것을, 애초에 배당되었던 레일은 이미 오래전에 다른 레일로 바뀌었다는 사실을 모르고 그저 앞만 보며 뛰어왔다는 것도. 공무원 시험을 포기하고 직장을 알아보기 시작했다. 가슴에 번호표를 달고 대기실에 앉아 있다가 번호가 불리면 뚜벅뚜벅 면접관 앞으로 걸어가 억지스러운 미소를 지은 채 시간을 견뎠고, 면접이 끝나면 집으로 돌아가 죽은 듯이 잠만 잤다. 그런 면접 기회마저도 사실 그리 흔치는 않았다. 윤은 다른 취업 희망자에 비해 나이가 많았고 제대로 된 경력이 없었으며 높은 영어 점수가 기록된 성적표나 실용적인 자격증을 갖고 있지 않았다. 불합격 통지를 받은 날이면 짐을 싸들고 어딘가 먼 곳으로 떠나고 싶었지만 윤에게는 갈 곳이 없었고, 게다가 생활을 위해선 쉬지 않고 무슨 일이든 해야 했다. 그때 인터넷 취업 사이트에서 체력 조건 외에는 그 무엇도 까다롭게 요구하지 않는 지금의 빌딩 보안 요원 자리의 채용 공고를 우연히 보게 됐다. 급여도 형편없었고 보험이나 퇴직금 혜택도 없었지만 또다시 면접을 보러 다니기엔 윤은 너무 지쳐 있었다. 윤은 대학에 대한 정보를 기재하지 않은 이력서를 제출했고 간단한 체력 검사 후 합격했다. 1년이 다 되어 가고 있었다, 윤이 한곳에서 일한 지. 그 1년 동안 질투와 초조의 줄어든 분량만큼 패배감의 분량이 차곡차곡 늘어 왔다.

윤은 이내 파일 케이스에서 서류들을 꺼내 한데 모은 뒤 그 끝에 라이터를 갖다 댔다. 아직까지 이것들을 버리지 못한 이유를 오롯이 알고 있는 자는 자신뿐이었고, 윤은 그 사실이 헛된 미련보다 가증스러웠다. 셋, 까지 세기도 전에 잿빛의 재가 되어 버린, 이제부터는 학자금 대출이라는 실제적인 채무감으로만 남겨질 그 세월을 윤은 쓰레기통에 남김없이 버렸다. 다시 상 앞으로 다가가자 초는 그새 반이나 타 있었고 하얀색 시폰 케이크는 떨어진 촛농으로 얼룩져 있었다. 촛불을 끄려다가 윤은 상 밑에 놓인 상자를 발견하고는 조심스럽게 집어 들었다. 상자를 연 순간, 온몸에서 힘이 빠져나갔다. 벌어진 입술이 쉽게 닫히지 않았다.

윤은 상자에서 하늘색 육상화를 꺼내 신었다. 촛불을 껐다.

방 안은 완벽하게 어두워져 있었다.

어두운 방엔 푸르른 투명함으로 빛나는 물방울들이 떠오르고 있었다. 이 아름다운 물방울들은 어디에서 온 것일까. 어쩌면 미수가 흘리고 간 것인지도 모르겠다. 윤은 무릎을 세우고 앉아 방 안을 심해의 해파리 떼처럼 떠다니는 갖가지 모양의 물방울들을 넋 놓고 올려다봤다. 아까부터 빈방엔 또다시 휴대폰 벨 소리가 울려 퍼지고 있었지만 윤은 움직이지 않았고, 수면 밖으로 솟구쳐 나가지도 않았다.

*

왜 의심한 적이 한 번도 없었던가. 어째서, 그토록, 그들의 말을 맹신했던가.

겨울 점퍼가 거의 벗겨진 것도, 꺾어 신은 스니커즈의 신발끈이 풀어진 것도 의식하지 못한 채 미수는 도로로 이어지는 내리막길을 전속력으로 달리고 있었다. 길을 오가는 사람들이 한 번씩 미수 쪽을 돌아봤다. 대로에 도착한 미수는 이제

막 손님을 내려놓고 떠나려는 택시를 온몸으로 가로막았다. 택시 기사가 창밖으로 얼굴을 내밀고는 성난 목소리로 무슨 말인가를 하였으나 미수는 기사의 말이 채 끝나기도 전에 숨을 헐떡이며 택시에 올랐다.

"가까운……."

택시에 오른 미수의 얼굴을 가까이서 본 기사는 더 이상 아무 말도 하지 못했다.

"경찰서…… 가까운 경찰서로 가 주세요."

택시가 경찰서를 찾아가는 동안 미수는 끊임없이 몸을 떨며 잔기침을 했고, 어둠이 내리는 택시 유리창에 간간이 쿵쿵 소리를 내며 이마를 박았다.

돌이켜 보면 의심할 단서는 많았다. 사고 현장에 불에 탄 현수의 소지품만 있었을 뿐 시신이 발견되지 않았다는 것, 보상금에 대해 삼촌이나 숙모한테 들은 이야기가 없었다는 것, 그 무렵 엄마를 찾던 사내들의 발길이 뚝 끊겼다는 것, 삼촌네 집에서 기차역까지는 당시 여섯 살밖에 안 된 현수가 걸어가기엔 꽤 멀었다는 것, 그리고…… 할머니, 할머니의 말들. 할머니는 기억의 구조를 잃었던 게 아니라 단지 말해야 하는 것을 말할 수 없는 현실 때문에 병이 든 것이었다. 할머니가 했던 말들, 완벽하게 솔직하지도 못했고 철저하게 감춰지지도 않았던 그 이상한 말들의 밑바닥이 이제야 하나하나 만져지는 듯했다. 굴곡이 심한, 울퉁불퉁한 바닥이었다.

"비가 오네요, 손님."

아까부터 미수의 눈치만 살피던 택시 기사가 룸 미러로 뒷좌석을 조심스럽게 쳐다보며 말을 건넸다. 기사의 말대로 창문엔 빗물이 흐르고 있었다. 어둠이 스민 도로에 떨어지는 빗줄기엔 아무런 형태도 없었지만 창문에 맺히는 물방울들은 도시의 조명을 받으면서 제각각의 모양으로 번지고 있었다. 마치 누군가 정성스럽게 조각을 해 놓고 빛깔을 덧씌운 세공품 같았다.

몇 시간 전까지만 해도 평소와 다를 것 없는 K시행이었다.

8개월여 만에 K시 기차역에 도착한 미수는 현수의 기일과 생일에는 늘 그랬듯 국화꽃을 사 들고 곧장 K시 외곽에 위치한 납골당으로 갔다. 여느 때처럼 납골당은 한적하고 조용했다. 시신을 찾지 못한 탓에 현수의 유골함엔 유골 대신 그 애가 쓰던 베갯잇이 차곡차곡 접힌 채 들어 있었다. 그것이 세상의 거짓된 전언을 유지하기 위한 더러운 연출인 줄도 모르고 미수는 그 앞에 꽃을 내려놓은 뒤 향을 피웠고 긴 시간 묵념했다.

납골당을 나와 삼촌네 집으로 발걸음을 돌린 건 즉흥적인 결정이었다. 그동안 미수는 K시에 오게 돼도 그곳을 방문하지 않았고, 심지어 삼촌뿐 아니라 삼촌네 가족 중 그 누구와도 연락하지 않았다. 그들과 만나 아무 일도 없었다는 듯 안부를 주고받거나 담소를 나눌 만한 가면은 미수에게 없었다. 다만, 더 늦기 전에 할머니 방에 가 봐야 한다는 생각뿐이었다. 엄마의 전화를 기다리던 지루한 시간들과 허기를 자극하던 음식 냄새, 숙모의 일그러진 시선과 사촌들의 폭력, 현수가 죽었다는 소식을 들은 날 저녁의 이상한 적요와 할머니의 시신……. 이 모든 것을 기억하고 있을 할머니의 방을 한 번은 직시해야 한다는 오래된 의무감을 떨쳐 내고 싶었다.

삼촌네 집엔 숙모만 있었다. 삼촌은 회사에 가 있었고 사촌들은 군대와 대학 때문에 K시를 떠나 있는 상황이었다. 마당 화단에 앉아 화초에 물을 주고 있던 숙모는 대문을 열고 들어서는 미수를 보자 흠칫 놀라며 엉거주춤 일어났다. 미수는 숙모에게 어색한 목례를 한 뒤 과일 바구니를 건넸다.

숙모가 부엌에서 차를 끓이는 동안, 미수는 거실에 앉아 집 안 구석구석에 밴 과거의 시간과 조심스럽게 대면했다. 집이 비어 있을 때만 현수와 나란히 앉아 잠깐씩 시청할 수 있었던 텔레비전은 이제는 중고 시장에서도 구입하기 힘든 구형 모델일 뿐이었다. 볼 때마다 만지고 싶어 몸이 닳곤 했던 사촌들의 장난감 박스는 언제 버려졌을까. 어차피 버려지고 사라질 그 장난감들 때문에 사촌들을 너무 많이 미워했다. 부엌에 있던 숙모가 잠시 안방으로 들어간 사이, 미수는 조심

조심 부엌으로 들어갔고 할머니 방으로 다가갔다. 문손잡이를 잡고는 있었지만 그걸 돌릴 수는 없었다.

　서울에서 엄마가 곧 동생을 낳을 거라는 소식이 전해졌을 때 미수는 일곱 살이었다. 동생의 아버지는 미수도 알지 못했다. 어른들은 그런 일에 비겁할 만큼 솔직하지 않았다. 미수는 상상으로만 동생의 아버지를 그려 보는 수밖에 없었는데, 상상 속에서 그는 늘 그 아저씨와 닮은 모습으로 나타나곤 했다. 언젠가 K시 시내 피자 가게에서 엄마와 함께 만났던 그 아저씨는 조금은 불안해 보이는 사람이었다. 심하게 말을 더듬었고 다섯 살밖에 안 되는 미수를 볼 때도 정확하게 시선을 맞추지 못했다. 엄마는 아저씨가 앞으로 큰일을 하기 위해 공부를 많이 하고 있다고 소개하며 활짝 웃었다. 입은 웃는데 눈동자는 붉었다. 엄마가 손으로 눈가를 훔치며 잠시 화장실에 간 사이, 그는 바지 주머니를 헤집듯 뒤져서 꺼낸 지폐 몇 장을 미수에게 건넸다. 까까 사, 사 먹어. 미수는 주섬주섬 돈을 받아 집에 갈 때까지 손에 꼭 쥐고 있었다. 그게, 마지막이었다. 꼬깃꼬깃 접혀 있던 몇 장의 지폐는 그날 모두 잃어버렸다. 그 후, 아빠라는 말조차 미수는 꺼낸 적이 없다.

　동생이 오래전 미수처럼 아빠 없이 구름에서 떨어져 협곡을 지나 투명한 막을 뚫고 거인들의 세계로 안전하게 도착했다는 전화가 온 날, 미수는 사랑을 확신했다. 보거나 말하지 않고도 존재한다는 것만으로도 맹세될 수 있는 사랑, 그런 사랑을. 1년여 후, 동생을 안고 몹시 초췌한 얼굴로 나타난 엄마는 두툼한 봉투를 숙모에게 건네면서도 미안해했다. 그녀는 늘 그렇게 미안해했다. 미수야, 현수다. 할머니 방에서 엄마는 다갈색 포대기를 미수에게 내밀어 보이며 말했다. 동생 잘 돌봐야 돼. 절대 헤어지면 안 돼. 미수는 포대기 안에서 잠든, 이제 갓 돌을 넘긴 현수를 경이롭게 내려다보며 열심히 고개를 끄덕였지만 어떻게 하면 동생을 잘 돌볼 수 있는지, 동생과 영원히 헤어지지 않으려면 뭘 해야 하는지에 대해서는 아무것도 알지 못했다. 하나, 둘, 셋. 엄마는 세 개의 손가락을 하나씩 접어 가며 일러 주었을 뿐이다. 셋, 하고 눈을 뜨면 엄마가 보일 거야, 알았지? 그날, 자정이 되기도 전에 엄마는 무언가에 쫓기는 사람처럼 서둘러 K시를 떠났다. 서울에 있는 미용실을 오랫동안 비울 수 없다고 했다. 그 후로 엄마가 할머니의 방을 찾아온 건 채 열 번도 되지 않는다. 현수와 할머니가 차례로 그 방을 떠난 후에도 엄마는 전화를 걸어오지 않았고 인내로만 채워지는 자기 몫의 시계를 견뎌 낼 수 있는 방법도 가르쳐 주지 않았다. 하나, 둘, 셋. 아무리 세고 또 세도 세계는 변하지 않는다는 걸 미수는 혼자서 천천히 배워 가야 했다.

현수……. 현수의 이름이 들려온 건 그때였다. 주방과 안방이 이어져 있어서 숙모의 목소리가 어렴풋이 전달될 수 있었다. 주방 쪽문으로 나가 안방 창문 아래로 걸어가 보았다. 숙모는 삼촌과 통화하고 있는 듯했지만 정확한 이야기는 들리지 않았다. 미수는 다시 거실로 돌아가 정신없이 주변을 두리번거리다가 소파 아래 놓여 있던 전화기를 찾았다. 수화기를 들어 아랫부분을 손으로 감싼 채 숨을 죽였다. 그리고 들었다, 숙모에게 미수가 지옥인 진짜 이유를.

당혹감이 먼저였는지, 아니면 분노가 그보다 앞서 자신의 심장을 아프게 덥석 베어 물었는지 판단되지 않았다. 갑자기 들이닥친 미수 때문에 진정이 되지 않는다며, 법 없이도 살아왔는데 그날의 선택이 떠올라서 괴롭다고 토로하는 숙모를 살해하지 않기 위해 무엇을 염려하고 숙고해 봐야 하는 건지도 계산되지 않았다. 온몸이 떨려 왔다.

10분 정도 달려온 택시가 마침내 멈춰 섰다. 미수는 지갑에서 손에 잡히는 대로 지폐 두 장을 꺼내 기사에게 건넸다. 택시에서 내려 몇 개의 계단을 올라가 경찰서 문을 열자, 컴퓨터 앞에 앉아 있거나 서류를 들고 오가던 서너 명의 경찰들이 눈동자는 새빨갛고 머리칼은 제멋대로 헝클어진 미수를 일제히 쳐다봤다.

"도와…… 주세요."

경찰 한 명이 다가가 물끄러미 미수를 건너다보며 무슨 일이냐고 물었을 때, 미수는 주먹을 꽉 쥔 채 작은 목소리로 중얼거렸다. 경찰이 한 번 더 용건을 묻자 미수의 목에는 심줄이 돋기 시작했다. 마치 경찰서 안 전체에 소리를 불어넣기라도 하듯 미수는 이내 있는 힘껏 소리를 내질렀고, 그 순간 미수의 몸에서는 푸른빛 테두리의 투명한 물방울들이 후드득 떨어졌다.

"제 동생 좀 찾아 주세요! 네? 네!"

*

경찰서죠? 저, 지난 주 토요일에 찾아갔던 신미숩니다. 동생 찾아 달라고 했던…… 어떻게, 가능성이 좀 있을까요? 아, 그렇군요. 그래도 단서라도 좀 찾게 되시면 아무 때나 괜찮으니 꼭 전화 주세요. 부탁드릴게요. 네, 감사합니다.

여보세요? 부동산이죠? 네, 어제 찾아뵈었던 신미수예요. 12년 전 '수 미용실' 근처서 저희 어머니와 친분을 맺었던 분을 찾고 있다고…… 아, 정말요? 네, 전화번호 알려 주시면 제가 연락해 보겠습니다. 아, 감사합니다. 정말 감사합니다.

안녕하세요. 무슨 말씀부터 드려야 할지…… 예전에 미아동에서 세탁소를 운영하셨죠? 그 세탁소 옆 건물에 있었던

'수 미용실' 기억하세요? 네, 맞아요, 미수 엄마. 제가 바로 그 미수예요, 신미수. 늦은 시간에 정말 죄송합니다. 다름이 아니라요, 그때 저희 어머니가 가족과도 연락을 끊고 갑자기 다른 나라로 떠나 버린 건, 알고 계시죠? 그래서 말인데요, 혹시 저희 어머니와 지금도 간혹 연락하시나 해서요. 그러니까 주소나 전화번호 같은 거, 알고 계신 게 있는지…… 아니에요, 제가 죄송하죠. 그럼 한 가지만 더 여쭤 봐도 될까요? 저희 어머니가 그때 누군가에게서 돈을 많이 빌렸잖아요. 맞아요, 사채업자들. 그 사람들에 대해선 혹시 알고 계신 게…… 네, 너무 오래전 일이죠. 저, 그럼, 만에 하나라도 그때 그 사채업자를 기억한다거나 제 어머니 연락처를 아신다는 분, 정말 만에 하나라도 주변에 있으면, 저한테 좀 알려 주시겠어요? 아니, 좀 알아봐 주실 수는 없을까요? 네, 꼭 알아내야 하는 게 있어서요. 부탁드립니다. 아, 정말요? 감사합니다, 감사합니다. 제 휴대폰 번호는요, 010…….

저, 어떻게 말을 시작해야 할지…… 저한테 동생이 한 명 있는데요. 그 동생이 12년 전에 가스폭발 사고 때 죽은 걸로 처리되었는데, 실은 죽지 않은 거래요. 네, 거짓으로 사망자 명단에…… 저, 제 동생 좀 찾아 주시면 안 될까요? 저 같은 사람이 또 있을 수 있잖아요. 이거 방송으로 나가면, 혹시 알아요, 좋은 소재가 될지…… 장난 전화냐니요. 아니에요, 장난 전화. 그럼 나중에라도 관심 생기시면 꼭 저에게 연락 주세요. 부탁드립니다. 아니라니까요, 장난 전화!

아주머니, 제가 또 전화드렸네요. 혹시 뭣 좀 알게 된 게 있으신가 해서요. 아, 어쩔 수 없죠. 그럼 그때 저희 어머니랑 그 근처서 알고 지내던 분은 좀 기억하세요? 한 분이라도 연락처 알고 계시면 제가…… 죄송해요, 자꾸 전화해서. 그냥 너무 답답해서, 진짜 답답해서 견딜 수가…… 아, 감사합니다. 그럼, 다시 한 번 부탁드릴게요.

신문사죠? 제보할 게 하나 있는데요. 사채업자들이 채무자한테서 돈을 받아 내기 위해 산 사람을 죽은 것처럼…… 그러니까, 피해 보상금이라도 챙기려고요. 네? 언제요? 12년 전, K시에서 있었던 기차역 가스폭발 때요. 아뇨, 12개월 전이 아니라 12년 전이요. 그래도 연락처 하나 남겨 드릴 테니…… 여보세요?

인터넷 홈페이지 보고 전화드렸습니다. 거기, 사람 찾아 주는 데 맞죠? 저, 근데 한 가지 문제가 있어요. 찾는 사람이 제 남동생인데요, 실은 그 애가 12년 전에 죽은 걸로 처리돼서 학교는 다닌 적이 없을 거예요. 직장도 없었을 거고요. 그래도 혹시라도 가능하다 여겨지면 전화 좀 주시겠어요? 사례는 충분히 하겠습니다. 네, 기다리고 있을게요.

아, 안녕하세요, 아주머니. 네, 또 저네요. 아직…… 이시죠? 네, 저도 알아낸 게 없어요. 근데 아주머니, 정말 알아보고는 계신 거예요? 아니, 화를 내는 게 아니고요. 그냥 이런 상황이, 정말이지 도저히, 믿기지가 않아서요. 아주머니, 제발 저 좀 도와주세요. 노력하고 계시다는 거, 알긴 아는데요, 제가 정말 절실하거든요. 취했느냐고요, 아니에요. 언제라도 좋으니 꼭 연락 주세요. 네, 안녕히 계세요.

어제 전화했던…… 네, 맞아요, 남동생 찾고 있다는. 그게 정말 불가능한가요? 사례는 제가 평생을 다해서 할게요. 네…… 네…… 알겠습니다…… 알겠다고요!

저예요, 미수. 숙모한테 들었겠죠? 삼촌, 근데 그거 알아요? 개자식이야, 당신. 당신, 당신네 가족, 다들 내가 만난 인간들 중 최악이었어. 그래, 나 뵈는 거 없어. 난 절대로…… 절대로…… 용서 못 해. 이것만은 기억하라고, 내가 용서하지 않을 거라는 거. 여보세요? 여보세요!

엄마, 대체 어디 있는 거야. 현수 좀 찾아 줘, 엄마. 뚜뚜뚜뚜…… 제발 눈앞에 좀 나타나서 당신 아들 좀 찾아내란 말이야. 어떻게 이렇게…… 이렇게까지 할 수가 있어, 우리한테. 뚜뚜뚜뚜…… 어? 어! 뚜뚜뚜뚜…….

아주머니, 저 미수예요. 아주머니? 여보세요? 여! 보! 세! 요!

왜 제멋대로 전화를 끊고 그래. 나한테 왜 이러느냐구우! 내 말 좀 들어 보란 말이야, 제발 들어 줘…… 제발, 날 좀,

제발…….

*

 오늘로 일주일째였다.

 지하철에서 내린 윤은 계단을 오르지 못한 채 승강장 내 플라스틱 의자에 잠시 앉아 있었다. 휴대폰을 꺼내 연속으로 세 번이나 미수의 번호를 눌러 봤지만 통화는 번번이 연결되지 않았다. 목 안이 갑갑해졌다. 점심시간에 빌딩 근처 식당에서 대충 끼니를 때우고 로비로 돌아가자 처음 보는 여자가 마치 지금 막 공장에서 출시된 신제품 같은 모습으로 안내 데스크 안쪽에 서 있었다. 그녀는 미수의 하얀색 투피스를 입고 있었다.

 윤이 아는 미수는 이런 유형이 아니었다. 그녀는 책임감이 강한 사람이었고 타인에게 피해나 부담을 주는 것을 병적으로 싫어했다. 그새 다른 직장으로 옮겼다 해도 퇴직 절차도 밟지 않은 채 일주일씩이나 연락을 피할 만큼의 배포도 없는 사람이었다.

 윤은 휴대폰을 도로 주머니에 집어넣은 뒤 무겁게 의자에서 일어나 계단 쪽으로 걸었다. 4번 출구로 나가 작은 공원을 가로질러 우회전을 하면 그녀가 사는 원룸 건물이 나왔다. 윤은 건물 출입문 앞에서 미수의 방 호수와 호출 버튼을 연이어 길게 눌렀다. 응답은 없었다. 한참을 건물 근처에서 서성이던 윤은 마침 귀가하던 젊은 여자가 전자 키로 출입문을 열 때, 은근슬쩍 그녀를 따라 건물 안으로 들어갈 수 있었다. 엘리베이터에서 내려 708호 앞에 도착한 윤은 한 번 더 절망했다. 초인종을 눌러도, 문을 두드려도 방 안에선 아무런 기척이 느껴지지 않았다. 미수는 알려 주지도 않은 비밀번호를 정확하게 입력하여 자신의 옥탑방을 열었는데, 윤은 언젠가 그녀가 메모까지 해 준 그 네 개의 숫자를 기억하지 못했다. 현관문을 등지고 기대서 보았다. 여러 가능한 추측 중에서 가장 두려운 장면은 물론 한 가지뿐이었다. 결정을 해야 했다. 비밀번호를 기억해 낼 때까지 좀 더 기다리든지, 아니면 전자 키 장치를 부수든지.

복도 끝에서 몸을 숨기고 있던 소년은 남자에게 다가가지도, 발길을 돌리지도 못한 채 숨을 죽이고만 있었다. 남자가 등지고 있는 현관문 너머에 M은 없었다. 화면을 무한대로 확장해야 수색역 근처, 인적이 뜸한 어느 골목길 담에 기대서 있는 M이 보일 터였다. M은 세 시간 전부터 그곳에 있었다. 한 시간 30분 동안이나 걸어서 M이 그 동네에 도착했을 때, 소년은 윤이라는 남자를 떠올렸다. M의 블로그에서 그가 수색 쪽에 산다는 문장을 읽은 것도 같았다. 담에 한쪽 어깨를 기댄 M은 온몸을 옹송그린 채 혼자서 계속 무슨 말인가를 중얼거리고 있었는데, 얼핏 보면 정신이 온전치 못한 여자 같았다. M의 입술에서 끊임없이 새어 나오는 하얀 입김을 지켜보다가 소년은 발길을 돌렸다. 원룸 건물로 되돌아오는 내내, 소년은 발에 걸리는 모든 것들을 차거나 구기거나 짓밟았다.

지난 일주일 동안 소년은 708호를 방문하지 못했다. 일주일 전, 708호의 전자 키 뚜껑을 열고 언제나처럼 무심코 비밀번호를 누르는데 현관문 저편에서 누구냐고 묻던 M의 놀란 목소리를 듣게 된 것이다. 재빠르게 층계로 몸을 피한 소년은 708호 현관문이 열렸다가 다시 닫히는 소리를 들었다. M이 더 이상 정시에 출근하지 않는다는 것은 짐작되었지만 그 이유까지는 소년이 알 수 없는 영역이었다. 그날부터 소년은 틈만 나면 원룸 건물 주변을 어슬렁거렸다. M은 좀처럼 모습을 드러내지 않았고 708호는 늘 불이 꺼져 있었다. 불도 켜지 않은 캄캄하고 좁은 방에서 M이 하루 종일 뭘 하는지 알고 싶어 조바심이 날 때도 있었다. 일주일 만에 원룸 건물 앞에서 M과 마주쳤을 때 소년은 예전처럼 당황하지 않았다. 대신 굳은 표정으로 무작정 M의 뒤를 밟기 시작했다. M은 달라져 있었다. 단순히 수척해졌다는 표현으로는 부족했다. 늙지도 않고 일생을 다 살아 버린 사람이 있다면 저런 얼굴이지 않을까, 소년은 생각했다. 수색역까지 걸어가는 동안 M은 한 번도 쉬지 않았고 고개를 들어 주위를 살피지도 않았다.

남자는 아마도 바로 그 윤일 것이다. 그는 벌써 일곱 번이나 708호를 여는 데 실패했다. 꾸부정하게 서서 전자 키만 만지작거리고 있는 남자를 지켜보다가 소년은 돌아서서 계단을 두세 개씩 건너뛰어 1층까지 내려갔다. 남자는 M을 찾아왔는데 M은 남자의 집 앞에 가 있다. M 주변을 어슬렁거리다 보면 M을 이곳으로 유인할 만한 뜻밖의 방법이 생길지도 몰랐다. 택시는 금세 잡혔다. 택시가 수색역에 도착할 때까지 하나, 둘, 셋, 둘, 셋, 하나, 셋, 둘, 하나, 소년은 끊임없이 속으로 숫자를 셌다.

차가운 벽돌 담 앞에 서 있던 미수는 조각나고 부서지고 그 어느 때보다 악취가 진동하는 미완성의 언어들이 공기가 가득 들어간 풍선들처럼 툭툭 터지는 광경을 신기하다는 듯 가만히 지켜보고 있었다. 현수, 현수는? 문득 정신을 차리고 중얼거리자, 그제야 어둠 속을 둥둥 떠다니던 언어들은 말끔히 지워지고 대신 낯설지 않은 골목이 시야에 들어왔다. 윤의 집 앞이었다. 미수는 쪼그리고 앉았다. 이제 어디로 가야 하는지, 아니 돌아갈 곳이 어디여야 하는지 알 수 없었다. 바닥엔 빈 병 하나가 쓰러져 있었고, 병 안에서는 초여름의 숲처럼 초록색 바람이 불고 있었다. 소주병을 집어 들어 주저 없이 내리치자 바람 한 줌이 미수의 손안에 들어왔다. 놓치고 싶지 않다는 듯 미수는 그 바람을 꼭 쥐었다. 오래오래, 이 바람을 간직해 두고 싶었다. 추위 때문인지, 아니면 그저 피곤해서인지 눈꺼풀이 점점 무거워졌다. 손바닥은 좀 쓰라렸지만 못 견딜 만한 통증은 아니었다. 고개를 들어 보았다. 눈에 보이는 모든 것들이 자꾸만 뒤로 물러나고 있었다.

열두 번의 시도 끝에 마침내 올바른 비밀번호를 입력하여 708호 현관문을 열었을 때, 윤의 눈에 들어온 것은 어둠뿐이었다. 윤은 우두커니 서서 방 안의 어둠을 뚫어지게 직시하였다. 거대한 짐승 같았다, 어둠은, 그 방에 꽉 들어차 있는. 윤이 현관 안으로 들어서자 센서 등이 켜졌고 잔뜩 웅크리고 있던 거대한 짐승은 검은 연기처럼 흩어졌다. 센서 등은 이내 다시 꺼졌다. 그 순간 윤은 이 방에서 혼자 먹고 자고 웃고 울고, 가끔은 혼잣말을 중얼거리기도 했을 미수의 고독한 시간들이 자신의 몸을 꿰뚫고 지나가는 고통을 조용히 감내해야 했다.

*

미수는 물 위를 떠다니고 있었다. 수면 위로 드리워진 물

풀이 몸에 닿을 때마다 스슥, 하는 기분 좋은 소리가 귓가에 감겼고 물속의 물고기들은 맑은 물방울을 뿜어내며 조용히 미수의 발치를 따라왔다. 미수는 자꾸만 웃음이 났고 이상하리만치 물 위가 편안했다. 나무둥치를 부둥켜안고 있는 기분이 들기도 했다. 만지면 선뜩하겠지만 알고 보면 뜨거운 생명력으로만 응집되어 있을 수액이 고스란히 느껴지는 아주 크고 튼튼한 나무일 터였다. 고개를 들어 크게 숨을 내쉬자 또 다른 나무들이 줄지어 나타났다. 참 무성하다. 그렇게 상상한 순간, 갑자기 얇고 단단한 막 하나가 나타나 미수의 전진을 막았다. 그제야 미수는 눈을 뜨고 몸을 일으켰다. 마치 허공 위에 들린 것처럼 미수는 빙판 같은 물 위에 무릎을 꿇고 앉았고 앉은 채로 그 막을 찬찬히 올려다보았다.

기억하고 있었다.

미수가 세상에 나올 때도 이런 막이 있었다. 무사히 이 막을 뚫고 지나가면 신미수란 이름은 서류에서도, 사람들의 기억과 거짓된 언어와 어리석은 술수에서도 더 이상 마모될 일 없이 그저 조용히 삭제될 수 있을 것이다. 손을 뻗어 그 투명한 막을 여러 번 더듬어 보았지만 미수의 몸이 빠져나갈 만한 틈은 없었다.

막을 지나갈 수 없다면 남은 선택은 하나다. 미수는 다이버처럼 두 팔을 앞으로 모아 물속으로 집어넣었다. 두 팔은 가까스로 물속으로 들어갔지만 어떤 강한 힘이 막고 있는 듯 미수의 몸과 두 다리는 수면을 통과하지 못했다. 늪이라면 좋겠어. 한 번도 빠져 본 적 없는, 그래서 헤어 나올 수 있는 방법을 연습해 본 적도 없는 늪. 생각하자, 미수의 몸이 아래로 푹푹 내려가기 시작했다. 물은 찰랑거리지 않았고 그저 짓이겨진 반죽처럼, 혹은 짐승의 검은 혓바닥처럼 끈적끈적하게 살갗에 들러붙기만 했다. 그만둬. 얼굴까지 가라앉기 직전, 갑자기 어딘가에서 낮고 굵은 목소리가 끼어들어 왔다. 낯설지만 익숙했고 익숙했지만 지금까지 들어 본 그 어떤 목소리와도 겹치지 않는 생소한 느낌의 음성이었다. 오랫동안 귓바퀴만 맴돌았을 뿐, 한 번도 청각의 범위 안으로는 들어오지 못한 조심성 많은 목소리일 터였다.

미수의 손목을 잡았다.

손목을 잡힌 미수는 끈적끈적한 물속에서 천천히 빠져나왔다. 어리둥절한 표정으로 위를 올려다봤지만 자신을 잡아끄는 이의 얼굴은 보이지 않았다. 그때껏 코끝에 남아 있던 나무들의 진한 수액 냄새에 진저리를 치며 미수는 이내 벽 쪽으로 돌아누웠다. 그리고 무심결에, 현수를 찾았다.

그제야 소년은, 링거 바늘이 꽂혀 있던 M의 손목을 놓아줄 수 있었다.

*

 소년은 M이 2년여 동안 일해 온 광화문 빌딩 앞에 서 있었다. 손바닥에 박힌 몇 개의 유리 조각 외에 별다른 외상은 없지만 환자의 영양 상태가 몹시 좋지 않다며 의사는 며칠 정도 영양제를 맞으면서 안정을 취하는 게 어떻겠냐고 제안했다. 정신을 차리지 못하고 계속 잠만 자는 것은 갑작스러운 체온 저하와 출혈, 그리고 스트레스 누적으로 인한 일시적인 현상인 듯 보인다고 진단했다. 소년은 한 번도 문제를 일으킨 적 없는 S사의 신용카드로 현금을 인출해 병원비를 미리 지불했다. 보호자 서명란에는 '윤'이라고 썼다.

 본격적인 게임에 앞서 소년은 야구 모자의 챙을 최대한 아래로 끌어 내렸다. 몇 개의 계단을 지나 유리 회전문을 열자 등 뒤편으로 지금까지 걸어온 현실적인 길들이 순식간에 지워지는 게 느껴졌다. 야구 모자를 눌러쓰고 나타난 소년을 남자가 주의 깊게 쳐다봤다. 소년도 눈에 힘을 주어 남자를 맞바라봤다. 708호 앞에서 목격했던 그 남자가 맞았다. 소년은 뚜벅뚜벅 남자에게 다가갔다.

 "신미수 씨, 지금 여기에 있습니다."

 소년이 메모지부터 들이밀며 그렇게 말하자 남자는 당황한 듯, 네? 하고 되물었다. 소년은 한 발 더 다가가 남자의 손에 메모지를 쥐여 주었다. 어차피 남자는 초조하게 흔들리고 있는 자신의 눈동자를 정확하게 해석하지는 못할 터였다.

메모지에는 M이 입원해 있는 병원 이름과 병실 번호가 적혀 있었다. 메모지를 훑는 남자의 얼굴에는 당혹감과 불안감이 동시에 드리워졌다. 하나의 고비가 무사히 마무리됐다. 메모지를 읽은 남자가 귀찮아하거나 시큰둥해했다면 스텝은 엉켰을 것이고 소년은 처음의 미션을 상실한 채 불필요한 공격을 시도했을지도 몰랐다.

"그런데…… 누구시죠?"

예상했던 두 번째 고비였다. 이럴 때 말을 더듬거나 시선을 피하면 오히려 더 큰 오해를 불러일으킬 것이다. 침착해야 했다.

"신미수 씨가 사는 원룸 건물의 관리인, 아니 그 관리인의 아들입니다."

"관리인의 아들이라고요?"

"네."

"근데 미수는 왜 병원에……."

"엊그제 건물 앞에 쓰러져 있는 걸 보고 응급실로 옮겼는데…… 자세한 건 저도 모릅니다. 신미수 씨가 여기서 일했다고 해서 무작정 찾아온 겁니다."

"……."

다행히 남자는 메모지만 내려다볼 뿐, 소년에게 별다른 관심을 보이지는 않았다. 소년은 인사도 없이 다급하게 돌아서서 유리 회전문 쪽으로 휘적휘적 걸어갔다. 유리 회전문을 열고 밖으로 나오자 소년이 걸어가야 하는 길들이 다시 생성됐다. 마지막으로 언뜻 뒤를 돌아보았을 때, 남자는 그제야 소년을 찾는지 주위를 두리번거리고 있었다.

뛰기 시작했다.

간절하게 가고 싶은 곳이 있었다. 버그나 몬스터의 배역 따위 없는 곳, 갚아야 할 빚도 없고 되새기고 또 되새겨야 하는 기억도 없는 곳, 칼이나 날카로운 유리 조각도 없는 곳, 사람이 상하지 않는 곳, 사라지거나 위장되는 자도 없는 곳, 그런 곳. 숲이라면 좋을 듯했다. 호수가 있는 숲, M 외에는 그 누구도 가 본 적 없고 아무도 보지 못하는 M만의 숲이라면 남은 인생이 긴 낮잠으로만 소모된다 해도 기꺼이 모든 것을 포기한 채 편한 마음으로 눈을 감을 수 있을 것 같았다.

미친 듯이 앞만 보며 달리던 소년은 행인이 보이지 않는 좁은 골목으로 접어들면서 속도를 늦췄고 전등이 달린 전봇대를 발견하고는 그곳에 등허리를 기댔다. 언젠가 그녀는 이런 전봇대 뒤에 숨어 있었다. 외삼촌 집을 떠난 봉고 차가 골목을 돌 때, 창문에 바짝 얼굴을 갖다 대고 있던 소년은 잠시 울음을 그치고는 두 눈을 동그랗게 떴다. 1년 만이었지만 소년은 단번에 그녀를 알아봤다. 엄마라고 부르지는 않았다. 소년은 그저 최대한 두 눈을 크게 뜬 채 가만히 그녀를 지켜보기만 했다. 어느 순간부터 그녀는 보이지 않았다. 소년은 다시 울기 시작했다. 그 후로도, 한 번도, 엄마를 봤다고 발설하지 않았다. 시간이 흐를수록 소년 역시 그날의 장면이 실제의 일이었는지, 아니면 그저 꿈의 일부였는지 구분하기 힘들었다.

점퍼 안주머니에서 휴대폰이 울렸다. 보스일 것이다. 신용카드로 목돈이 인출되었다는 사실을 이메일로 확인한 보스는 노여움과 배신감에 부들부들 떨고 있을지도 모르겠다. 연달아 울리는 휴대폰을 꺼내 통화 버튼을 누르자 예상대로 보스의 목소리가 들려왔다. 보스가 지금 어금니 사이로 물고 있는 것은 실질적인 폭력을 대신할 수 있는 세상의 온갖 추잡하고 더러운 욕설일 것이다. 보스가 준비해 놓은 욕설을 꺼내기 전에 소년은 목소리를 낮게 깔았다.

"꺼져, 개새끼."

보스의 대답을 듣지도 않은 채 소년은 전화를 끊었고 곧바로 휴대폰의 전원을 껐다. 끝났어. 소년은 전봇대에 더 깊이 몸을 기대었다. 마침 전등이 들어오면서 전봇대는 주황빛 테두리의 불빛으로 소년을 오롯이 감싸 주었다. 끝났다고, 전부. 소년은 한 번 더 중얼거리며 야구 모자를 벗어 얼굴을 덮었다.

*

 늪 같은 잠이 연이어 쏟아졌다. 아무리 자고 또 자도 정신이 맑아지지 않았다. 잠시 눈을 뜨면 병실이라는 것 외엔 아무것도 알 수 없는 하얀 공간이 보였다. 어느 날, 또다시 몇 개의 늪을 지나와 눈을 떠 보니 이번엔 윤이 보였다. 건너야 하는 늪이 아직 남아 있다는 생각에 벽 쪽을 향해 돌아누우려는데 손이 따뜻해졌다. 미수는 조심스럽게 뒤를 돌아봤다. 그리고 오랫동안, 살아 있음을 느꼈다.

*

 수없이 해 왔던 일이므로 어렵진 않다. 짐을 싸는 것, 여행 준비를 하는 것. 게다가 이번엔 모든 것이 다 갖춰져 있었다. 지갑 안에는 이메일로 받아서 출력한 전자 티켓도 들어 있는 것이다. 보스가 지정해 준, 아직 해지되지 않은 신용카드로 급하게 결제한 티켓이었다. 휴대폰은 왜 꺼 놓은 거냐. 그간의 통화 목록과 이메일을 모두 삭제하고 일단 피해 있어라. 보스의 마지막 이메일을 받고 소년은 혼란스러웠다. 그는 끝까지 의리를 지킨 진짜 가족 같은 사람일까, 아니면 자신의 더 큰

범죄를 감추기 위해 그 다급한 상황에서도 소년을 은폐할 줄 아는 철두철미한 인간인가. 티켓의 도착지에는 미국 로스앤젤레스가 찍혀 있었다. 저녁 7시 50분 비행기였으므로 시간은 충분했다. 마지막으로 소년은 현수와 관련된 서류를 모두 가방 안쪽에 넣었고 여권은 지갑 사이에 잘 끼워 두었다. 이 여권이 출국 심사대를 통과할지의 여부는 이제 다른 플레이어의 게임일 뿐, 소년이 할 수 있는 건 없었다.

배낭을 메고 407호를 나온 소년은 언제나처럼 계단을 따라 7층으로 올라갔다. 마지막 방문이 될 터였다.

며칠 동안 사람의 체온이 깃들지 않은 708호는 싸늘하고 적막했다. 소년은 걸레를 빨아 방 안을 구석구석 닦았고 화장실 바닥을 물청소했다. 청소를 마친 후에는 옷장 옆 수납 박스에서 해머를 꺼내 식탁 의자의 다리 하나도 고쳐 놓았다. 식탁 의자 수리는 오랫동안 계획만 하고 실천하지 못했던 일 중 하나였다. M이 이 방을 드나들었던 사람이 윤이라는 남자가 아니란 걸 알아내기까지는 이제 그리 긴 시간이 소요되지 않겠지만 이 방엔 더 이상 아무런 변화가 없을 터였고, 게다가 다음 주는 산타클로스를 상상해도 되는 크리스마스였다.

계획했던 미션을 다 끝낸 뒤에도 소년은 708호를 바로 떠나지 못했다. 벽에 기대 앉아 숨을 크게 쉬자 어디선가 물 흐르는 소리가 들려오기 시작했다. 소년은 무릎을 꿇고 앉아 상체를 앞으로 기울인 채 방바닥에 귀를 대 보았다. 바닥 아래 깊은 곳에 호젓한 호숫가가 보이는 듯했다. M이 자주 발을 담그고 놀았을 고요한 호수는 소년의 얼굴을 맑게 되비쳤다. 소년은 이 시간을 잊을 수 없다는 걸 느리게 깨달았다. 이제 앞으로 어디에 가고 누구를 만나든, 또 어떤 지긋지긋한 시간 속에 놓이게 되든 이렇게 이 방에 귀를 대고 웅크리고 있던 순간은 소년이 떠올리는 M의 모습 그 자체일 것이고 그때마다 소년은 아주 조금씩 웃게 되리라. 그것으로 충분하다고, 소년은 생각했다. 소년은 곧 자리에서 일어나 다시 배낭을 메고 708호를 나왔다. 이번엔 계단 대신 엘리베이터를 이용하기로 했다. 엘리베이터 안에서 소년은 야구 모자를 벗었고 꼿꼿이 고개를 세워 폐쇄 회로 카메라를 올려다보았다 눈이 아파 올 때까지, 한 번의 깜빡임도 없이 집요하게. 소년이 선택한, M에게 보내는 처음이자 마지막 인사였다.

　엘리베이터는 곧 1층에 도착했다. 엘리베이터 문이 열린 순간, 소년은 이미 그 모든 것을 감지하고 있었다. 공기의 흐름은 경직되어 있었고 여기저기서 느껴지는 시선은 민첩하고도 예리했다. 따지고 보면 충분히 피할 수 있는 상황이었다. 보스의 이메일을 받은 즉시 짐을 쌌다면, 아니 708호에 들러 시간을 낭비하지만 않았어도 소년은 안전했을지도 모른다.

　아무것도, 후회하지 않았다.

소년은 사방 벽에 다양한 글씨체로 새겨지는 '도망가라'는 한 줄의 명령어를 따르지 않은 채 자기 앞에 펼쳐진 게임의 조건만을 똑바로 직시했다. 관리실 앞에서 서류를 들여다보는 척하며 주변을 살피는 중년의 남자, 관리인이 살짝 고개를 끄덕이는 모습, 비상구 계단참에 잠복해 있다가 소년 쪽으로 다가오는 두 명의 젊은 사내…….

"신현수, 너 우리가 누군지 알지?"

불현듯 속도를 내어 순식간에 계단을 뛰어 내려온 사내 한 명이 소년을 벽 쪽으로 밀치며 건조한 목소리로 물었다. 뺨 한쪽이 벽에 짓이겨진 채 소년은 코끝에 번지는 가죽 냄새를 맡았다. 등 뒤에선 손목에 수갑이 채워지는 소리가 새로운 게임의 시작을 알렸다. 소년은 짐작해 왔던 것보다 이 게임이 나쁘지 않다고 생각했다. 없는 척하거나 숨거나 도망가는 플레이어보다 단죄다운 단죄를 받는 악당이 더 폼 나게 여겨지기도 했다. 이제야 소년은, 몬스터의 시간을 견뎌 낼 수 있는 방법 하나를 터득한 기분이 들었다.

사내들은 양쪽에서 소년의 팔을 끌고 건물 밖으로 끌고 갔다. 손목에 수갑을 채웠던 사내가 주차해 놓은 승용차 뒷좌석에 소년을 밀어 넣고는 소년 곁에 앉았다. 차가 출발하자 세 명의 사내들은 저녁 메뉴를 고르듯 가볍게 이야기를 나누기 시작했다. 그들은 소년에 대해 이야기하면서도 소년을 의

식하지 않았고, 소년도 그들의 대화에 끼어들지 않았다.

생각보다 순순히 잡혔는데요, 도망가려 하지도 않고. 그러게. 하긴 12년 동안이나 죽은 척하고 있었으니 저도 답답했겠지. 아, 그것도 못할 짓이겠어요. 내 말이. 두 사건이 오묘하게 겹친 케이스라면서요? 이쪽에선 서류 위조범 잡으려고 대포폰이랑 대포 통장 같은 거 추적하면서 수사하고 있었고 K시 경찰청은 그쪽 나름대로 일명 허위 사망자 사건을 파헤쳤는데, 어느 순간 두 사건 사이에서 예상도 못한 교집합이 발견된 거지. 중국에서 놓쳤다는 김용수 말이죠? 말하자면. 아무래도 이거, 잘만 캐면 뭐가 더 나올 것 같지 않아요? 그동안 기록도 안 됐을 텐데 뭔 짓을 했을지 누가 알겠어요. 죄 지은 게 있으면 갚아야지. 죗값이란 게 있는데. 근데 옷차림도 그렇고 배낭도 그렇고 진작 어디로 뜨려고 했나 본데요. 어이, 내 말 맞지?

운전석에 앉은 사내가 룸 미러로 소년에게 눈짓을 해 보이며 묻고 있었지만 소년은 대꾸 없이 차창 밖으로 시선을 돌렸다. 게임의 세계는 늘 냉정하다. 플레이어는 명분이 아닌 스코어를 위해 싸우다가 쓰러질 따름이고, 악당은 악당이 될 수밖에 없었던 진짜 이유를 납득하지 못한 채 그 역할에만 순종하는 것이다. 게임이 끝난 후엔 결과만 있을 뿐, 과정은 아무도 궁금해하지 않는다. 이제 곧 소년은 감금될 것이다. 이

도시는 합법적인 신분증 없이 부유하던 부랑자이면서 동시에 죗값을 치르지 않은 채 교묘히 숨어 있던 범법자 한 명을 안전하게 처분할 수 있게 된 것이다. 오랫동안 잠복해 있던 버그가 마침내 디버깅된 곳, 그곳은 얼마나 아름답고 얼마나 완벽한 세계일 것인가.

*

"달려 볼까?"

미수는 정면을 뚫어지게 응시하고 있는 윤에게 물었다. 윤의 왼쪽 뺨엔 아직도 손바닥 자국이 남아 있었다. 윤이 흘끗 돌아봤을 때 미수는 제자리에서 겅중겅중 뛰며 장난스럽게 웃어 보였다. 윤은, 웃지 않았다. 마침 횡단보도에 파란불이 들어오는 걸 곁눈으로 확인한 미수는 윤의 코트 자락을 잡아끌었다. 횡단보도를 건너 역사박물관과 구세군회관을 지나 광화문 네거리에 이를 때까지 두 사람은 온 힘을 다해 뛰었고 말하지 않았으며 그저 앞만 보았다. 광화문 네거리에 도착하자 어느 빌딩의 옥외 멀티비전에는 현재 시간이 뜨고 있었다. a.m. 10:45. 출근 시간도 점심시간도 아닌 애매한 시각, 거리는 한산했고 바람은 쌀쌀했다.

어제 저녁 미수는 퇴원했다. 가방을 챙겨 입원실을 나왔을 때만 해도 갈 곳이 없었다. 병원 접수대에서 병원비가 이미 계산되었다는 말을 듣고 나서야 미수는 목적지가 생겼다는 것에 안도했다. 그대로 광화문 쪽으로 걸었다. 한 번 정도는 윤에게 정식으로 감사의 인사를 해야 한다고 생각했고 가능하다면, 윤의 곁에서 잠들고도 싶었다. 광화문 빌딩에 도착하여 유리 회전문 앞을 서성이자 로비를 오가던 윤이 미수를 발견하고는 빠른 걸음으로 걸어 나왔다. 마치 처음 소개를 받은 사람들처럼 미수와 윤은 거리 한복판에 마주 선 채 서로를 물끄러미 쳐다보고만 있었다. 한참 후에야 윤은 코트 주머니에서 미수의 두 손을 꺼내 봉합 자국이 남은 손바닥을 찬찬히 들여다봤다.

"괜찮아, 이제. 일주일이면 다 없어진대."

미수가 손을 거두어 다시 코트 주머니에 넣자 윤은 구두코로 바닥을 툭툭 치며 오늘은 야간 근무가 있는 날이라고 주저하듯 말했다. 윤이 돌아간 뒤, 미수는 빌딩 근처 커피숍에서 해가 질 때까지 기다렸다가 대부분의 사람들이 퇴근했을 밤 10시쯤에 다시 빌딩 쪽으로 걸어갔다.

로비엔 등받이 없는 소파에 앉아 있는 윤뿐이었다. 미수는 천천히 소파 쪽으로 걸어가 윤 곁에 앉았다. 어색한 침묵이 흘렀다. 빌딩 전면 유리창으로 밤의 도로를 달려가는 차들의 상향등이 잠깐씩 들어왔다가 빠져나가고 있었다. 그때마다 나란히 앉아 있는, 창백한 얼굴의 미수와 어깨를 안으로 옴츠린 윤이 희부옇게 지워졌다가 다시 나타났다. 유령 같다, 우리. 누군가의 말에, 미수와 윤이 차례로 고개를 끄덕이는 모습이 검은 유리창에 투영됐다.

자정 무렵, 윤이 문득 지하로 내려가 보자고 제안했고 미수는 주저 없이 윤을 따라나섰다. 아무도 없는 새벽의 텅 빈 쇼핑몰을 구경하는 건 흔히 할 수 있는 경험이 아니었다. 게다가 오랫동안 비워 둔 탓에 한 줌의 온기도 남지 않았을, 친구였고 위로였으며 때로는 시간이 차단된 캡슐 같기도 했던 708호로 혼자 돌아갈 자신도 없었다.

지하 1층 입구에는 철제 셔터가 내려져 있었다. 윤은 주머니에 넣어 두었던 열쇠로 조명 박스를 열어 전원 스위치를 켰다. 그 순간 총 100여 개의 전등이 한꺼번에 켜지면서 자동 셔터도 올라갔다. 윤이 조명 스위치 박스를 다시 열쇠로 잠그는 동안, 미수가 먼저 지하 매장 안쪽으로 발을 들여놓았다.

액세서리점으로 들어가 귀고리와 헤어 핀을 구경하는 미수를 흘끗거리며 윤은 러닝 머신과 사이클, 스테퍼 같은 헬스 기구를 모아 놓은 스포츠 용품 코너로 다가갔다. 속도 제어 프로그램뿐 아니라 심장 박동 장치와 경사도 조절 장치 등이 내장되어 있는 최신형 러닝 머신 앞에서 윤은 걸음을 멈췄다.

조심스럽게 러닝 머신의 전원을 켜고 벨트 위로 올라가 보았다. 다리가 조금씩 움직이면서 뛰고 싶다는 열망뿐이었던 레일 위의 그 황홀한 순간이 오랜만에 윤을 사로잡았다. 윤은 속도를 시속 10킬로미터로 조절했다가 잠시 후 18킬로미터까지 올렸다. 탁자용 거울을 들여다보며 귀고리를 하고 있던 미수가 흔들려 보였다. 사고, 싶은, 거, 허헉, 있어?

미수가 의아한 얼굴로 윤 쪽을 돌아봤다. 오른쪽 귀에만 달려 있는 물방울 모양의 큐빅 귀고리가 조명을 받으면서 무지개처럼 여러 색의 빛으로 반짝였다. 사, 고, 헉, 싶, 은, 거, 허헉, 있냐, 고, 허헉, 미수, 헉, 미수야. 미수야, 부르고 나서 윤은 러닝 머신의 전원을 끄고 벨트에서 내려와 등허리를 숙인 채 거친 숨을 내뱉었다. 미수야. 말 좀 해 줘, 여긴 왜 이렇게 답답한 거니. 꼭 숨이 막혀 올 것 같잖아. 언뜻 고개를 들어 보니 미수는 아무것도 듣지 못했는지 그사이에 여성복 코너로 걸어가고 있었다. 윤은 천천히 미수에게로 다가갔다. 걸음이 조금씩 빨라졌다. 어느새 윤은 온 힘을 다해 뛰기 시작했고, 전신 거울 앞에서 하늘색 구두를 신은 후 보라색 원피스를 몸에 대 보던 미수를 뒤에서 끌어안았다. 사고 싶은 거 있냐고, 물었어. 정면에 보이는 전신 거울에는 고개를 젓는 미수가 희미하게 비치고 있었다. 잠시 후, 미수가 뒷머리를 윤의 가슴에 기댔다. 금세 윤의 몸이 따뜻해졌다. 그거, 알아? 윤이

물었다. 미수는 뭘? 되묻는 대신 천천히 고개를 끄덕이며 대답했다. 알아.

시간은 어느덧 새벽 2시를 넘어서고 있었다. 미수와 윤은 번갈아 하품을 하며 자연스럽게 가구점 쪽으로 걸어갔다. 가슴까지 오는 파티션으로 구획이 지어진 가구점 입구엔 턱시도를 입은 신랑과 웨딩드레스 차림의 신부를 형상화한 헝겊 인형이 팔짱을 낀 모습으로 다정하게 세워져 있었다. 가구점 안으로 들어서자 아기자기한 소품들이 놓인 선반장과 모서리에도 장식이 들어간 화려한 화장대, 그리고 편안해 보이는 더블 침대가 차례로 눈에 들어왔다. 방 하나를 그대로 옮겨 놓은 듯한 그곳은 마치 어른들을 위한 소꿉놀이 세트 같기도 했다. 미수와 윤은 베개와 이불까지 깔려 있는 더블 침대에 누웠고, 누운 채로 천장의 조명을 가만히 올려다봤다. 여기는 진짜 집 같다. 미수의 목소리가 윤의 귓가에서 부드럽게 부서졌다. 윤은 미수의 한쪽 손을 잡았다. 병실에서처럼 차가운 손이었다. 숲에 가는 꿈을 꾼 적이 있는 것 같아. 그래? 어떤 숲? 미수는 윤 쪽으로 돌아누운 뒤 그의 손을 끌어와 자신의 스웨터 속으로 집어넣으며 대답했다. 나무들이 많은 숲, 호수도 있는 숲. 그제야 윤도 천천히 미수에게로 시선을 돌렸다. 짧게 여러 번, 때로는 길게 키스했고 이내 정신없이 서로에게 파고들었다. 현수를 찾아다녔어. 누구? 현수. 아, 현수. 꿈에서라도 만나면 좋을 텐데, 꿈에 나온 적은 없어? 한 번도, 한 번도 없었어. 언젠가는 나오겠지, 그러니까……. 윤은 더 이상 아무 말도 하지 못했다. 미수는 두 손으로 얼굴을 가린 채 오래오래 울었다.

먼저 잠이 깬 쪽은 미수였다.

사방에서 사람들의 웅성거림이 조금씩 크게 들려오고 있었지만 미수는 눈을 뜰 자신이 없었다. 눈을 뜨는 대신, 미수는 자신의 스웨터에서 조심스럽게 윤의 손을 뺀 다음 최대한 낮은 목소리로 윤을 불렀다. 몇 번이나 이름이 불린 후에야 윤은 꽉 눌린 뒤통수를 긁적이며 일어났다. 몽롱한 눈길로 주위를 두리번거리던 그는 이내 자세를 고쳐 앉으며 헛기침을 했다. 곧이어 미수도 침대에서 몸을 일으켜 옷매무새를 바로 한 뒤 그때껏 신고 있던 하늘색 구두를 벗었고 오른쪽 귀에서 귀고리도 뺐다. 잔뜩 인상 쓴 얼굴로 침대 발치에 서 있던 중년 여자 두 명이 미수의 손에 들린 구두와 귀고리를 바로 낚아채 갔다.

빌딩의 소유주가 도착할 때까지 미수와 윤은 지하 쇼핑몰 직원 휴게실 소파에 나란히 앉아 있었다. 미수는 그를 본 적이 없고, 그건 윤도 마찬가지였다. 이 빌딩이 12층까지 올라갔을 때 허무하게 심장마비로 죽고 말았다는 부동산 재벌의 둘째 아들이라는 것 외엔 아는 바도 없었다. 마침내 그 남자가 휴게실 문을 열고 들어왔을 때, 미수와 윤은 기껏해야 20대 후반으로밖에는 보이지 않는 그의 앳된 인상에 다소 놀랐다.

남자는 휴게실에 들어서자마자 대동한 사내에게 휴게실 문을 잠그게 한 후 엉거주춤 일어나는 윤에게 다가가 다짜고짜 뺨부터 때렸다. 갑작스럽게 일어난 일에 당황한 미수가 벌떡 일어나 남자에게 무슨 말인가를 하려는 순간, 그는 미수의 뺨도 사정없이 내리쳤다. 미수의 얼굴이 오른쪽으로 홱 꺾였다. 순간, 너무 세게 입술을 깨물었던지 입안에서 비릿한 피 맛이 났다. 이번엔 윤이 상기된 얼굴로 남자에게 주먹을 날리려 하자 출입문 쪽에서 열중쉬어 자세로 서 있던 사내가 잽싸게 다가와 윤의 두 팔을 뒤에서 결박했다. 남자가 다시 윤의 뺨을 갈기기 시작했다. 두 대, 세 대, 네 대……. 어느 순간부터 미수는 숫자를 세는 것이 무의미하다는 걸 깨달았다. 그대로 바닥에 주저앉은 채 창밖으로 시선을 돌렸다. 남자는 윤이 철제 라커에 머리를 박으며 쓰러지고 나서야 걷어 올린 와이셔츠 소매를 내렸고 이내 소파에 구겨 앉으며 짜증 섞인 목소리로 중얼거렸다.

"야, 나가면 서울이 다 모텔이고 여관 아니냐? 박으려면 그런 데 가서 박아. 왜 멀쩡한 남의 사업장에서 그 짓이야, 어? 어이, 최 실장, 여기 이 보안 요원은 오늘부로 바로 해고 조치하고, 관리 팀에다가는 잘린 안내원한테 이번 달 월급 정산해 주지 말라고 전해."

　남자의 목소리는 인상보다도 더 앳되었다. 비음이 섞인 고성이었고 문장 끝은 옹알이처럼 불분명하게 일그러졌다. 어른의 옷을 입고 어른 행세를 하는 아이 같기도 했다. 미수는 자꾸만 입술 사이로 새어 나오려는 실소를 참기 위해 더 세게 입술을 깨물어야 했다. 입안에는 피 냄새가 진동했다.

a.m. 10:52.

　광화문 네거리에서 교보빌딩 쪽으로 횡단보도를 건너자 맞은편의 또 다른 옥외 멀티비전이 갱신된 시간을 알려 왔다. 상점마다 크리스마스트리로 장식된 종각 지하철역 근처에 이르러서야 미수는 자신이 윤을 잡아끄는 것이 아니라, 윤이 자신의 손을 잡고 정신없이 뛰고 있다는 걸 깨달았다. 바로 그때, 두 발이 바닥에 닿지 않는 게 느껴졌다. 미수는 허공을 달리며 이를 악문 윤의 옆모습을, 떨리는 입술과 뭉텅뭉텅 잘려 나가는 하얀 입김을 괴롭게 쳐다봤다. 힘들어? 힘들어. 그럼, 그만 뛸까? 아니, 계속 뛰고 싶어. 아프진 않아? 미안하다. 뭐가? 한심하지? 대체, 누가. 어, 눈 온다. 진짜, 진짜 눈이네.

　윤이 먼저 뛰던 것을 멈추고는 허리를 접어 거친 숨을 내쉬었다. 어느새 땅바닥으로 내려온 미수도 윤 곁에 서서 윤과 함께 호흡하며 여전히 놓지 않고 있는 두 손을 내려다봤다. 고마워. 미수는 윤과 눈을 맞추지 못한 채 속삭였다.

"뭐가?"

"병원비, 많이 나왔잖아."

"병원비?"

"그렇게까지 해 줄 필요 없었는데."

"미수야, 무슨 말을 하는 건지 나는……."

윤이 당혹스러워하며 먼저 미수의 손을 놓았다. 미수는 윤을 빤히 올려다보며 두 눈을 깜박였다.

"혹시, 그 사람인가?"

"뭐?"

"너 사는 그 원룸 건물의 관리인 아들 말이야."

"관리인 아들?"

"그래. 그 사람 덕분에 너 입원한 것도 알았어. 원룸 건물 앞에 쓰러져 있는 걸 병원에 옮겨다 준 것도 그 사람이었잖아. 근데 건물 관리인이 병원비까지 대 준 거야?"

"건물 앞이라고?"

"응. 건물 앞에 쓰러져 있었다고…… 아니야?"

"인상, 인상은 어땠어?"

"키는 좀 작고 많이 마르고. 원래 좀 알던 사이 아니었어?"

"혹시……."

"……."

"혹시 그 사람, 야구 모자도 쓰고 그랬어?"

"맞아. 근데 정말 전혀 친분이 없는 사이야?"

"……."

미수는 더 이상 아무 말도 하지 않고 주위를 두리번거렸다. 세상은 언젠가 그랬던 것처럼 테두리에서부터 젖어 들고 있었고 미수는 축축해지는 소매 밑단이나 스니커즈의 신발끈이 어떤 이야기의 매듭 같다는 생각이 들었다. 매듭이 풀리면, 아주 긴 이야기를 이루고 있는 불가해한 문장들이 실타래처럼 풀려나와 어디로 가야 하고 어느 지점에서 숨죽여야 하며 어떤 모서리에서 목 놓아 울어야 하는지 알려 줄 것만 같았다. 미수는 윤에게서 등을 돌린 채 보이지 않는 실타래를 쫓아가기 시작했다. 걷는 동안 미수는, 윤의 집 앞에서 자신을 일으켜 세운 그 낯선 손길과 늪 같은 잠 속으로 끼어들어 왔던 화난 듯한 목소리를 기억해 냈다. 그 순간 머릿속 깊은 곳에서 문 하나가 열리며 문밖에 서 있던 누군가가 시야에 들어왔다. 언제였던가. 그 문 안쪽에서 미수가 놓치지 않고 보았던 사람, 회색 야구 모자를 쓰고 있던 바로 그 아이, 열여덟 살일 거라는 데 마음의 패를 던졌던. 그 모든 사람들은 사실 단 한 명이었다.

분명, 보았다.

윤의 집 앞에서 미수는 설핏 눈을 뜨고 보았다. 야구 모자 챙 안쪽의, 그 어떤 적의도 읽히지 않던 아주 까만 눈동자를.

그 사람이 언제 사라져 어디로 가 버렸는지는 미수도 알지 못했다. 문이 다시 닫히고 있었다. 그때는 따라가 붙잡아야겠다는 생각도 미처 하지 못했던 엘리베이터 문을, 이미 닫히고 만 그 문의 표면을 미수는 젖은 손으로 매만지고 또 매만졌다.

미수야, 부르는 목소리에 미수는 걸음을 멈추고 어느새 바짝 뒤따라온 윤에게로 천천히 돌아섰다. 그 순간 윤이 본 것은, 세상의 모든 습기를 빨아들일 듯한 검은 습지(濕地) 같은 얼굴이었다.

*

건물 관리인에게는 아들이 없었다. 미수가 주저하는 목소리로 그럼 건물 주거인 중 열여덟 살의 신현수라는 사람이 살고 있느냐고 물었을 때 관리인은 이마를 찡그리며 407호? 하고 되물었다. 1년 치 월세를 미리 받는 조건으로 계약서다운 계약서를 쓰지 않아서 407호의 나이는 정확히 알지 못하지만 이름은 신현수가 분명하다고 그는 말했다. 바로 어제 형사라고 신분을 밝힌 사내 세 명이 나타나 신현수를 찾았고 엘리베이터 앞에서 곧바로 연행해 갔기 때문에 잊으려야 잊을 수도 없는 이름이라고도 했다. 그러나 관리인은 신현수라는 주거인이 범한 죄까지는 알지 못했다. 신현수는 넉 달여 전에 407호에 방을 얻었다. 복도 왼편, 햇빛이 잘 들어오는 동향 방이었다.

미수는 무슨 일로 신현수를 찾느냐는 관리인의 말을 뒤로 한 채 계단을 따라 걸었고 407호 앞에서 걸음을 멈췄다. 이곳이었다. 이곳일지 모른다. 아니, 아직 확실한 건 없다. 신현수는 그리 희소한 이름도 아니었고 세상엔 단번에 납득이 되지 않는 우연이 너무 많이 일어난다. 407호라고 씌어 있는 둥근 팻말을 가만히 올려다보던 미수는 한참 후에야 떨리는 손으로 전자 키 뚜껑을 열고는 네 자리 숫자를 꾹꾹 눌렀다.

0321.

곧이어 들려오는 전자 키의 해제음. 다리에 힘이 풀리면서 미수는 그대로 주저앉았다. 심장이 얼어붙는 것 같았다. 여전히, 그 무엇도, 확실한 건 아니었다. 가까스로 몸을 일으킨 미수는 이내 고쳐 생각했다. 이 건물엔 아흔 개의 원룸이 있고, 아흔 개의 원룸이 있다는 건 아흔 명 이상의 사람들이 거주하고 있다는 의미란 걸 다시 한 번 상기해야 했다. 아흔 명, 아니 그 이상의 사람들이 함께 사는 이곳에서 현관문 전자 키의 비밀번호가 중복되는 일이 불가능할 건 없다. 충분히, 가능한 일이다. 407호에 사는 신현수는 그저 미수가 기억하지 못하는 오래전 고향 친구의 동생이거나 후배일지도 모르고,

어쩌면 미수의 모든 것을 꿰뚫고 있는 고독하고 집요한 스토커일 수도 있었다. 아무도 없는 방이란 걸 알면서도 미수는 주변을 살피며 조심스럽게 407호 안으로 들어섰다.

형광등을 켰다.

407호는 708호보다 더 단출하고 더 고요했다. 냉장고와 세탁기 같은 옵션 가전제품 외에는 창가에 놓인 책상과 책상 옆에 쌓아 놓은 수십 권의 책들, 그리고 행거 하나가 방의 전부였다. 책들은 모두 여행과 관련된 것뿐이었다. 미수는 쭈그리고 앉아 아무 책이나 꺼내서 펼쳐 보았다. 여기저기에 메모가 되어 있었고 간혹 강조한 표시도 눈에 띄었다. 미수는 무릎을 꿇고 앉아 이번엔 책상 서랍을 열어 봤다. 첫 번째 서랍엔 주민등록증과 여권, 그리고 신용카드들이 몇 개씩 들어 있었다. 두툼한 서류 뭉치도 보였지만 정작 신현수라는 이름으로 기재된 신분증이나 서류는 없었다. 미수는 등을 더 수그린 채 두 번째 서랍도 열었다. 동전들, 이어폰, 전원이 꺼진 휴대폰 세 개, 게임 매뉴얼 책자, 시디들, 유에스비, 서너 개의 단추, 다섯 개의 야구 모자 등이 뒤엉켜 있었다. 한데 엉킨 야구 모자들을 뚫어지게 내려다보던 미수는 그중에서 회색 야구 모자를 집어 들었다.

야구 모자는 그때처럼 미수의 머리에 딱 맞았다. 미수는 야구 모자를 쓴 채 매트리스조차 없는 방바닥에 누웠다. 407호는 요람 같았다. 인생이 짜 맞춰 놓은 모반과 진실을 아직은 직시하지 않아도 되지만, 곧 하나하나 배워 가야 한다는 사실이 불변의 진리로 예정되어 있는 요람 속처럼 편안했고, 동시에 불안했다. 미수는 돌아누워 벽에 대고 손가락으로 썼다. 현수야, 신현수. 너는.

누구니.

코트 주머니에 넣어 둔 휴대폰이 울리고 있었다. 휴대폰 벨 소리가 끊겼다가 다시 울릴 때, 미수는 전화를 받았다. 관리인이었다.

미수는 야구 모자를 챙겨 407호를 나갔고 계단을 통해 되도록 천천히 1층 관리실로 내려갔다. 관리인은 폐쇄 회로 카메라용 모니터 앞에 서 있었다. 미수가 들어서자 그는 미수의 손목을 잡고는 모니터 앞으로 잡아끌었다.

"이것 봐요, 이것 봐. 상습범이라니까, 아주. 내 뭔가 이상해서 방금 폐쇄 회로 카메라에 녹화된 필름을 확인하고 있었는데, 이 자식이 그동안 아가씨 방을 뻔질나게 드나들었더구먼. 계약서 안 쓰고 목돈 준달 때부터 내 알아봤어야 하는 건데, 나 원. 그래, 귀중품이나 돈 같은 거, 뭐 도둑맞은 건 없었소?"

미수는 아무 대답도 하지 못했다. 407호가 708호에 들어설 때마다 어김없이 들고 있었던 봉투 외에는 눈에 들어오는 것도 없었다. 그 봉투 속 화장지나 세탁용 세제, 혹은 샴푸나

면봉, 때로는 생수나 새 형광등으로 치유받았고 살 수 있었던 시간들을 설명할 길 없다는 무력감뿐, 이 순간에 어울리는 감정이 무엇이어야 하는지도 도무지 떠오르지 않았다.

"아, 그러고 보니 아가씨가 신고한 거였군. 아무튼 잘한 일이오, 잘했어."

미수는 그제야 관리인 쪽을 돌아봤다. 미수의 눈동자가 커다랗게 부풀어 오르고 있었다. 그 서슬에 놀랐는지 관리인은 곧 입을 다물었다. 아냐. 미수는 속삭였다. 속삭임은 조금씩 커다란 울림으로 되돌아왔다. 아! 니! 야!

"아, 니, 라, 구, 우!"

흥분을 가라앉히지 못한 채 더, 더, 소리를 내지르려는데 어딘가에서 휴대폰 벨 소리가 또다시 들려왔다. 미수는 코트 주머니에서 주섬주섬 휴대폰을 꺼내고는 젖은 머리카락이 아무렇게나 엉켜 있던 얼굴을 거칠게 쓸어내린 뒤 통화 버튼을 눌렀다.

경찰서였다.

숲의 끝

오래 기다렸다. 한참 동안 놀이터 벤치에 앉아 허공을 노려보던 미수는 빗방울이 하나 둘 떨어지자 회색 야구 모자를 눌러쓰고는 정면에 보이는 미끄럼틀 쪽으로 뚜벅뚜벅 걸음을 옮겼다. 악세게 밧줄을 거머쥔 채 사선으로 기운 널빤지 위로 단박에 올라갔고 표정 없는 얼굴로 잠시 주변을 둘러보기도 했다. 비가 내리는 저녁 무렵의 놀이터엔 아무도 없었다. 입술을 비틀며 웃어 보았다. 웃음은 얼굴 전체로 번지지 않았고 입술 끝에만 가까스로 매달려 있다가 순식간에 흩어져 버렸다.

미수는 곧 스테인리스 통 안으로 온몸을 구겨 넣었다.

통을 나오자 여전히 놀이터였다. 계속 걸었다. 놀이터를 나와 길가로 접어들었고, 좁은 골목들을 지나갔다. 횡단보도도 없는 대로를 무작정 건너갈 땐 차들의 클랙슨 소리에 귀가 따가웠지만 걸음을 멈추지는 않았다. 대형 마트 앞을 걸었고 아파트 단지로 들어갔다가 주택가로 빠졌으며 공사장과 교회와 시장을 통과한 후 다시 나타난 대로를 건넜다. 학교와 병원과 약국과 수많은 상점들도 지나쳤다. 다정한 연인들과 아이의 손을 잡고 있는 젊은 여자들과 무료해 보이는 노인들과 교복 차림의 학생들을 스쳐 갔다. 걷고 또 걸었다. 걷다가 지치면 공중전화 박스로 들어가 아무 번호나 누른 뒤 윙윙거리는 수화기 저편에 대고 속삭였다. 내가 신고했어. 현수를, 내가 신고한 게 되어 버렸지. 이제…… 이제, 속이 시원해, 엄마? 엄마의 세계는 적막한 방들로 이루어져 있었다. 수화기를 내려놓고 다시 거리로 나오면 엄마의 방들 중 하나에 불이 꺼졌다.

현수가 유치장에서 소년교도소로 이송되던 날 저녁엔 눈발이 날렸다. 신분 없는 소년의 정황을 고려할 때 문서 위조 가담은 정상 참작의 대상이 될 수 있지만, 그 애가 자백한 2년 전의 식당 흉기 사건은 실형을 피할 수 없다는 판결이 내려진 뒤였다. 내내 고개를 숙이고 있던 현수는 미수가 겨울 용품이 들어 있는 쇼핑백을 건넬 때에도 시선을 주지 않았다. 그날도 미수는 쉬지 않고 걸었지만 숲은 나오지 않았다. 숲으로 이어지는 투명한 문들도 느껴지지 않았고 화살표나 이정표도 보이지 않았다. 젖은 어깨 위로 눈송이가 쌓여 갔다.

숲에 다시 가게 된다면 호숫가에 앉아 풀 냄새를 맡으며 오래오래 잠을 자고 싶었다. 배가 고프면 바닥에 떨어진 나무 열매를 주워 먹고, 목이 마르면 나뭇잎을 둥글게 말아 물을 떠 마시면서 숲 밖에서의 일들은 조금씩 잊어 가고 싶었다. 완벽하게, 망각하고 싶었다.

다시 비가 내리고 비가 그쳤다. 나뭇가지에선 새순이 돋았고 꽃이 폈으며 향기롭고 따뜻한 바람이 불었다. 사람들은 두꺼운 외투를 벗어 던지고 파스텔 톤의 부드럽고 하늘거리는 옷차림으로 미수 곁을 지나갔다. 미수는 여전히 계속 걷고 있었다. 소나기가 내렸고 나무들은 하나같이 튼튼하게 살이 올랐다. 땀을 흘리며 손으로 부채질을 하는 남자들과 맨다리를 드러낸 채 아이스 음료를 마시면서 걸어가는 여자들이 하나둘 보이기 시작했다. 농구공을 튕기며 웃고 있는 아이들, 교복 차림의 소녀들, 유모차를 끌고 가는 젊은 부부들을 지나쳐 가자 식을 줄 몰랐던 뜨거운 바람 끝에 서늘함이 묻어났다. 나뭇잎들이 쓸쓸하게 떨어질 무렵, 윤이 불쑥 나타나 잠시 함께 걸어 주기도 했다. 그는 당분간 일을 하지 않고 공무원 시험 준비에만 매진할 거라고 했다. 1년만, 딱 1년만 부모님도, 늘어가는 빚도 모른 척하겠다고 다짐하듯 말하기도 했다. 윤은 미수 곁에 잠시 머물다가 사라졌고 잊힐 때쯤 다시 나타나 미수가 모르는 다른 세상의 이야기를 들려주곤 했다. 어느 날은, 잔뜩 취한 모습으로 찾아와 사는 게 무섭다는 말만 반복하다가 돌아가기도 했다. 그 마음을 헤아리지 못하는 건 아니었지만 미수는 걷는 것을 멈추지 않았다. 앞을 향해서만 걸어야 했고, 할 수 있는 것도 그뿐이었다. 그의 발길은 점점 뜸해져 갔고 공무원 시험 결과가 나올 즈음부턴 더 이상 연락이 오지 않았다. 서운하진 않았다. 그 무렵 미수는 꿈을 꾸었다. 꿈속에서 미수는 어떤 여자와 함께 있는 윤과 우연히 마주쳤다. 윤은 무척 반가워했고, 조금은 뿌듯한 얼굴로 지방 소도시의 관공서에서 말단 공무원으로 일하고 있다는 소식도 전해 줬다. 미수는 진심으로 기쁘게 웃었다. 미수가 윤 옆의 여자와 어색하게 인사를 나누는 동안, 윤 역시 희미하게 미소를 짓고는 있었지만 영원히 이 꿈에서 깨어나고 싶지 않다는 듯 두 눈만은 아프도록 세게 감고 있었다. 갑자기 매서운 찬바람이 불어와 미수는 슬며시 눈을 떴다. 서늘했던 바람이 쌀쌀해지고, 쌀쌀했던 공기가 무겁고 차갑게 가라앉자 사람들은 옷장 속에 넣어 둔 두꺼운 외투를 다시 꺼내 껴입었다. 어느 날, 인적 드문 긴 골목을 빠져나오니 눈송이가 다시 날리기 시작했다.

태어나 성장하고 쇠잔해지다가 조금씩 소멸해 가는 계절

이 그렇게 제 몫의 운명을 따라 한 바퀴를 돌 때까지 미수는 늘 거리에 있었고 쉬지 않고 걸었다. 다행히 미수의 시계 속 시침과 분침은 잘 움직여 주었다. 오차가 생기지도 않았고 돌연 방향을 바꾸거나 더 이상의 회전을 거부하며 고집을 피우는 일도 없었다. 미수가 오랫동안 기다려 왔던 바로 그날, 드디어 하나의 거대하고 투명한 문이 미수 앞에 나타났다.

한 발 한 발 그 안으로 들어가자 나무들의 수액 냄새와 풀 향기가 짙어졌다. 그곳은 모든 계절이 겹쳐 있는 곳이었다. 봄의 꽃과 여름의 나무 사이로 가을의 바람이 불었고 바닥엔 하얗게 빛나는 눈송이가 쌓여 있었다. 미수가 지나간 눈길 위엔 작고 뚜렷한 발자국이 새겨졌고 기분을 좋게 하는 뽀득거리는 발소리가 오랫동안 숲 깊은 곳에까지 울려 퍼졌다. 걸으면 걸을수록 봄의 꽃과 여름의 나무, 가을의 바람은 사라져 갔다. 목도리를 단단히 동여매고 코트 단추도 모두 여몄지만 추위는 물러나지 않았고 몸은 차갑게 얼어 갔다. 겨울 하늘에만 사는 쇠기러기 한 마리가 귀에 익은 소리를 남기고 지나갔다. 미수는 고개를 들어 그 새가 또 다른 겨울 하늘로 건너가는 것을 오래오래 지켜봤다.

잊고 있던 휴대폰을 주머니에서 꺼내 시간을 확인했다. 가슴이 뛰기 시작했다. 이제 10여 분 후면 어느새 열아홉 살이 된 현수가 한적한 숲을 가로질러 이곳으로 올 것이다. 하나,

둘, 그리고…… 셋, 을 세기 전에 미수는 눈을 감고 숨을 가다듬었다.

*

소년은 일어나 다시 걷기 시작했다. 투명한 문들이 나올 때면 언젠가 M이 그랬던 것처럼 수긋이 고개를 숙여 그 문들을 통과했다. 곧 숲의 입구가 나왔다. 숲에선 햇빛이 부챗살처럼 부드럽게 갈라져 키 큰 관목 사이로 스며들었고, 바람 끝엔 물에 젖은 풀꽃 향기가 희미하게 실려 있었다. 백색 사슴과 외뿔 말들이 발소리도 조심해하며 고요하게 소년을 따라왔다. 새들의 지저귐이 한 번씩 들려올 때면 소년은 잠시 가던 길을 멈추고 손으로 차양을 만들어 나무 위 어딘가를 올려다보곤 했다.

드디어 호수가 나타났다.

한 발 한 발 다가가자 호숫가엔 누군가 왔다 간 흔적이 보였다. 풀잎이 한곳으로 쏠려 있는 곳엔 나무 열매 껍질과 물에 젖은 나뭇잎들이 널려 있었다. 낯익은 긴 갈색 머리카락도 몇 가닥 보였다. 눈을 한 번 감았다 뜰 때마다 담요와 내의, 책과 잡지, 과자와 음료수 같은 것들이 하나씩 생겨나기도 했다. 모두, M이 놓고 간 것이었다. 소년은 깍지 낀 두 손에 머리를 대고는 M이 앉았다 간 바로 그 자리에 누웠다. 이곳에서 시작되었을 이야기라면 소년도 조금은 알고 있었다. 이야기는 숲의 모든 곳에 깃들어 있었고, 시시각각 걸음을 옮기는 빛을 따라 한 줌씩 소년의 귓가로 흘러들었다. 무성한 나무들 사이로 빠르게 지나가는 구름을 올려다보다가 소년은 깜빡 잠이 들었다.

꿈속에서 소년은 누나와 할머니를 만났고 사랑했으며 헤어졌다. 여러 고비 끝에 누나와 다시 만나 때로는 웃었지만 대체로는 상처를 주고받거나 무심하게 지내며 늙어 갔다. 소년은 말소되었던 신분을 다시 찾긴 했으나 그 대신 전과자라는 꼬리표에서 자유롭지 못했고 일생 동안 작고 고독한 방들을 전전하다가 어느 눈 내리는 겨울 저녁, 먼 지방의 시립병원 임종실의 철제 침대에서 혼자 죽음을 맞았다.

잠에서 깨자 목이 말라 왔다. 견딜 수 없는 갈증이었다. 소년은 호수 가까이까지 무릎걸음으로 다가가 두 손으로 물을 떠서 마셨다. 고요하게 물방울이 일렁이는 호수 수면에 곧 소년의 얼굴이 비쳤다. 낮잠을 자는 동안, 소년의 얼굴은 모두 완성되어 있었다. 확인할 길은 없지만 몸 안의 심장이나 여러 장기들도 완벽한 형태를 갖추게 되었을 터였다. 소년은 바짓단을 올린 후 호수 속으로 걸어 들어갔다. 첨벙첨벙하는 물소리가 잦아들 때쯤, 소년은 이미 호수 속 구름 사이를 지나가고 있었다. 구름 너머엔 계단이 있었고 소년은 그 계단을 따라 한없이 낮은 곳으로 계속해서 내려갔다. 이야기로만 들었을 뿐, 본 적도 없고 믿지도 않았던 협곡이 나타났다. 할머니의 말은 틀리지 않았다. 소년은 배워 본 적도 없는 헤엄을 치며 할머니가 일러 줬던 빛의 세계를 향해 나아갔다. 얇고 투명한 막이 느껴졌다. 소년은 온 힘을 다해 막을 뚫고 나와 빛이 산란하는 그 안쪽으로 흘러들었다.

문이 열렸다.

문이 열리자, 누군가 큰 목소리로 소년의 이름을 불렀다. 그 순간, 그동안 의식하지도 못했던 초침 소리가 사방에서 들려오기 시작했다. 손목에도, 주머니 안에도 시계는 없었지만 오늘의 모든 어제들에 배당된 태엽을 차근차근 소비해 가면서 맨 마지막 지점을 향해 부지런히 다가가는 그 초침 소리가 소년은 반가웠다. 소년은 옷을 갈아입은 후 배낭을 쌌고 마지막으로 목도리를 챙겨 방을 나왔다.

교도소의 철문 밖은 그 안처럼 몹시 추웠다. 곳곳이 살얼음이 낀 진흙투성이여서 소년은 여러 번 균형을 잃고 물웅덩이에 빠졌다. 나뭇잎 하나 달려 있지 않은 가난한 겨울나무들은 표정 없는 모습으로 띄엄띄엄 서 있었고 그 어디에서도 음악은 만들어지지 않았다. 소년과 함께 문을 나온 두어 명의 또 다른 소년들은 순식간에 뿔뿔이 흩어졌다.

보였다.

소년과 눈이 마주치자 눈 쌓인 모퉁이에 서 있던 M이 천천히 손을 들어 흔들어 보였다. 마지막 면회 이후 한 달 만이었다. 그날 M은 소년이 지금 두르고 있는 갈색 목도리를 숲의 호숫가에 놓고 갔었다. 소년은 머리칼을 짧게 잘라 시린 머리통을 한 번 긁적인 후, 한 발 한 발 M에게 다가갔다. 셋, 까지 세고 나자 M의 숨소리가 들렸다.

"현수야."

부르는 그 말에, 소년은 대답했다.

"응, 누나."

손이 따뜻해졌다. 현수는 자신의 손을 감싼 하얗고 작은 손등을 내려다보며 미수가 속삭이는 말들을 가만히 듣고 있었다. 누나의 등 뒤로 숲을 빠져나갈 수 있는 외길이 조금씩 선명하게 보이기 시작했다.

웃었다.

작가의 말

이 작품을 쓰는 동안 자주 산책을 나갔다.

산책길에서 순식간에 꽃이 피고 지는 나무를 지켜본 적도 있고 날개 없는 새가 허공에 구멍을 뚫고 숨어들어 가는 장면을 목격한 적도 있다. 그런 날이면 어서 내 책상으로 돌아가 미수와 현수, 그리고 윤과 이야기를 나누고 싶어 조바심이 났다.

위로받는 쪽은 늘, 나였다.

한 권의 책을 이루는 건 종이 뭉치가 아니라 그 책을 쓰는 동안 바쳐진 책상의 시간일 것이다.

마음을 다해, 이제 내가 온몸으로 지나온 그 시간을 전한다.

의미 있는 악수가 되길 바라며.

계속 쓰고 있다는 것, 내 소설을 기다리는 분들이 있다는 것, 가끔은 목이 메게 고마워서 길을 걷다가도 멈춰 서곤 한다.

이 책을 쓰고 고치는 동안 공간을 마련해 준 연희동의 창작촌과 통도사의 극락암, 그리고 내 방에 고마움을 전한다.

2013년 7월
조해진

■ 작품 해설 ■

미스터 노바디(nobody)가 그대를 사랑할 때

양윤의(문학평론가)

1 숲(forest)의 로직: 남겨진 자들을 위하여(for the rest)

숲 속에 오누이만이 남는다. 게다가 누나는 남동생이 자신과 함께 있다는 것도 알지 못한다. 동생은 야구 모자를 쓴 낯선 남자아이로, 다른 말로 하면 그냥 흐릿한 배경으로 남아 있을 뿐이다. 이정표 삼아 뿌려 둘 조약돌도 빵가루도 없다. 독자가 이 소설을 펴고 처음 마주치는 숲은 『헨젤과 그레텔』의 숲에 가깝다. 진입로에 들어서자마자 갑작스러운 수수께끼에 직면하고,("엄마는 왜 우리를 버렸던 것일까?") 질문이 또 다른 질문으로 이어지는 거대한 미로 속에서 길을 잃고("동생은 어디로 사라진 것일까?" 혹은 "보스는 후원자일까, 악당일까?") 마침내 마녀와 같은 삶의 냉혹한 비의(秘意)와 마주치는 곳. 그리고 그 끝에서 해후하는 오누이까지. 어쩌면 '숲의 플롯(forest plot)'이라 부를 만한 서사적 모티프가 있다고 말해도 지나친 상상은 아닐 것이다.

문제는 우리가 살펴볼 숲이 보편적인 구도로 설명되지 않는다는 점이다. 『아무도 보지 못한 숲』이라는 표제가 말해 주듯 저 숲은 완전히 감추어져 있다. 그러면서도 숲의 이미지는 반복적으로 등장한다. 숲은 누군가의 시선에 잠시 포착되었다가 사라지기를 반복한다. 그러면서도 전모를 끝내 드러내지 않는다. 숲은 보편적인 조망점을 허락하지 않는다. 정념적이고 파편적인 이미지만으로 현상하는 숲. 그렇다면 저 숲의 돌출적인 이미지는 누구의 것인가.

소설의 끝에 이르기까지 숲은 아직 '그 누군가(somebody)'의 것도 아니다. 그렇다면 이렇게 바꿔 말할 수는 없을까. 저 숲은 '아무도 아닌 자(nobody)'가 보는 숲이라고. 누나는 숲을 다 헤맨 후에야 숲의 초입부에서 배경으로 등장했던 소년을 마침내 다시 발견한다. 아무도 아닌 자가 내가 그리워하던 바로 그 사람임이 밝혀지는 순간이다. 그때까지 숲은 누군가의 것도 아니다. 그러므로 아무도 아닌 자의 것이다. 소설은 이 발견의 과정을 바로 그 아무도 아닌 자(남동생)와 아무도 아닌 자가 바라보는 바로 그 사람(누나)의 시선을 왕복하며 기술한다. 소년은 아무도 아니므로 눈에 띄지 않았고 누나는 그토록 그리워하던 이가 자신과 동행했다는 것을 몰랐다. 소년에게 눈만 있었다면,(소년은 내내 누나를 바라본다.) 누나에게는 몸만 있었다.(누나는 내내 소년을 보지 못한다.) 숲은 눈뜬 장님들을 붙잡지 않는다. 헨젤과 그레텔처럼 둘은 숲에 남겨진다. 이곳에 남겨진 자들을 위해(for the rest) 버림받은 자들을 위해 숲(forest)은 거기에 있다.

아무도 아닌 자, 이방인의 시선에 대한 집요한 관심에 대해서라면 작가 조해진을 빼놓고 얘기할 수 없을 것이다. 저 숲의 정체를 설명하는 일은 조해진의 건축술이 작동하는 원리를 살펴보는 작업과 맞물려 있다. 먼저 숲의 로직을 살피기 위해 소년의 행적을 따라가 보자. 신현수라는 이름의 이 소년은 엄마가 쓴 사채 때문에 죽은 사람으로 처리되었다. K시 기차역에서 거대한 가스폭발 사고가 일어나자, 사채업자는 보상금을 타 내기 위해 현수를 사고의 희생자로 처리하고 신병을 인도해 갔다. 현수보다 일곱 살 많은 누나 미수는 갑작스러운 동생의 죽음을 의심 없이 받아들이고 가난한 외톨이로 살았다. 사채업을 하는 보스에게 잡혀간 현수는 조직의 일을 도우면서 어느덧 열여덟 살이 되었다. 소년은 이제 성인이 되지만 여전히 세상에 없는 존재다. 성인이 된다는 것은 곧 세상에 진입한다는 의미이다. 그러나 소년은 이미 죽은 것으로 처리되어 있었기에 입사(入社)가 불가능하다. 그는 어른이 될 수도, 나아가 산 사람이 될 수도 없다. 현수는 완벽하게 유령이 되었다. 어쩌면 현수가 누나의 주변을 맴돈 이유가 이것 때문일지도 모른다. 세상과 자신을 이어 주는 유일한 끈이 바로 누나였기 때문에.

현수를 데려간 조직의 보스는 "서류 위조 브로커"(69쪽)로 현수를 키운다. 버림받은 채 맹목적인 복종 속에서 폭력을 일삼는 형들 틈에서 현수는 냉혹한 생존의 규율을 체득한다. 이쯤 되면 현수가 살의와 적개심으로 처참하게 망가졌을 법도 할 터. 흥미로운 것은 지금부터다. 현수는 복수를 꿈꾸는 괴물이 되지 않는다. 오히려 최선을 다해 살아 내는 것이 최고의 복수라는 듯이 시간을 견디고 고통을 참아 낸다. 현수는 미수가 살고 있는 원룸을 몰래 찾아가 그녀의 삶을 조용히 돌보아 준다. 그것은 절대적인 선의이다. 역할의 역전이 시작된다. 버림받은 아이가 남겨진 누나를 보호한다는 것이 어떻게 가능한가. 그러나 이 역전이야말로 숲의 비밀이다. 숲, 남겨진 자들을 위한 비의의 저장소. 동생을 잃고 홀로 버려진 여자는 동생의 보호를 받고, 세상에 버려진 동생은 최선을 다해 누나를 지켜 낸다. 그 비의를 이해하는 순간, 우리는 홀연 숲의 가장 깊은 곳에 당도해 있을 것이다. 이를테면 이런 구절.

708호는 온몸으로 M의 냄새를 풍겼다. 기억 회로가 종종 도달하는 그곳, 수많은 시간을 거슬러 올라가야 접속할 수 있는 그 장면에 이 냄새를 입력하면 소년은 언제라도 천국 근처에 도달할 수 있었다. 밋밋한 가슴, 등허리를 쓸어 주던 솜털이 돋은 두 팔, 울지 말라고 속삭이던 앳된 목소리, 교환되고 사라지던 서로의 숨결…….

— 63쪽

현수가 기억하는 유일한 생생함. 그것은 와해되고 사라지는 저 하나의 장면 속에 간신히 남아 있다. 누나가 나가고 없을 때 누나의 빈방을 찾아간 소년이 누나의 냄새에서 천국의 이미지 하나를 얻어 내는 순간이다. 그것은 어렸을 때 누나가 소년을 안아 주고 젖을 물리던 원형적인 장면에 대한 이미지다. 이제 저 장면을 누나의 목소리로 들어 보자.

그 시절 나는, 아무도 몰래 현수에게 젖을 물리기도 했어. 그럴 때면 그 애는 달콤한 젖이 나올 리 없는 내 납작한 가슴을 물어뜯듯 빨아 대곤 했는데 무서운 흡입력이었어. 통증도 있었고 할머니나 숙모가 어느 순간 문을 왈칵 열어젖히고 이쪽을 노려볼지도 모른다는 생각에 두려움도 컸지만 한동안 그만두지 못했어. 그보다 더 현수를 잘 돌봐 줄 수 있는 방법을 나는 도무지 알 수가 없었으니까.

— 98~99쪽

    소년에게 누나는 엄마이기도 했던 셈이다. 기원은 분화되지 않은 것이다. 기원 속에는 엄마의 품과 연인의 향기와 누나의 냄새가 한 덩어리인 채로, 하나의 전체를 이룬 채로 포함되어 있다. 그 때문에 현수가 누나를 부르는 이니셜 M은 그에게 유일하게 평안과 휴식을 주는 천국의 엠블럼이다. 이니셜 M은 미수의 M이자, 마더(mother)의 M이기도 하다. 이 기원을 품고 있다는 것, 이것이 바로 숲의 비의이다. 엄마가 소년을 돌보는 것이 아니라 소년이 엄마(곧 누나)를 돌보는 역할극이 가능해진 것은 이 때문이다.

2 게임의 로직: 굴뚝 청소를 하는 아이들

    그러나 작가는 숲의 안쪽으로 우리를 안내하지 않는다. 그랬다면 소설은 동화와 판타지, 정신분석과 욕망의 서사로 뻗어 나갔을 것이다. 그 대신 작가는 우리를 다시 바깥으로 데리고 나온다.(두 번째 장이자 본문에 해당하는 장의 제목은 '숲의 바깥'이다.) 이곳은 냉혹한 현실 원칙이 지배하는 공간이다. 소년 현수도, 누나 미수도, 미수의 애인 윤도 이곳의 논리에 포획되어 있다. 이 논리는 인위적인 강제력이 행사되는 곳이라는 점에서, 승패가 명확하게 갈린다는 점에서, 그리고 거기에 참여한 플레이어의 주체성을 말살한다는 점에서, 정확히 게임의 로직을 따르고 있다.

게임의 로직은 둘 중 하나를 선택해야 하는 이분법으로 구성되어 있다. "성공 혹은 실패. 반드시 둘 중의 하나로 결정된다는 것이 피할 수 없는 운명이란 걸 알면서도"(24쪽) 소년은 이 게임을 그만둘 수 없다. 사실 이분법은 하나의 원칙을 전제하고 있다. 사실은 어느 쪽을 선택해도 손해를 본다는 것. 소년은 생존의 방식을 일찍 깨우쳤다. 그래서 그는 울지 않는다. 눈물을 참아야 형들에게 맞지 않고 살아남을 수 있다. 현수는 스스로를 "꺼지지 않는 노트북"(46쪽)이라고 부른다. 1년에 한 번씩 메모리를 포맷하는 망각 기계라는 의미이다. 매 순간이 미션이며 게임이라고 말하는 소년, 자신을 세계의 버그(bug)라고 부르는 아이.

서명이 끝난 후 영수증이 출력되는 소리를 듣고 나서야 소년은 시야 오른편에 새겨지는 한 줄의 자막을 발견했다. "0:00. You win. Game over." 영수증을 건네받은 소년은 점원의 인사도 받지 않고 서둘러 비닐 봉투를 챙겨 마트의 유리문을 활짝 열어젖혔다. 두 번째 골목으로 접어들면서부터는 달리고 또 달렸다. 하나의 게임은 무사히 끝났지만 또 다른 게임이 이미 시작되고 있었다.

— 25쪽

이 게임은 소년이 질 때까지 계속된다. "You lose."가 떠야 정말로 게임이 끝난다. 실제로 소년이 경찰에 붙잡힌 후에야 게임은 중단될 수 있었다. 게다가 그는 이 로직에서도 벗어나 있다. 소년은 이 게임을 조작하는 플레이어를 자처했지만, 실제로는 보스의 손아귀에서 벗어날 수 없는 게임 판의 장기말에 지나지 않았다. 그는 이 세계에서 지워진 아이, 이 게임의 유일한 얼룩이다. 소년이 동일한 이름의 신현수를 찾아 그를 제거(대신)하려는 계획을 세우는 것도 그 때문이다. 그는 다른 아이를 대체함으로써만 현실로 귀환할 수 있었으나, 그걸 실행할 만큼 독하지 못했다. 오히려 그는 소년에게 조심할 것을 경고할 뿐이다. 현실의 신현수는 버그로서의 신현수를 조심해야 한다. 그는 게임의 체계를 망가뜨리고 세계의 의미를 무효화할 수 있는 존재이기 때문이다. 그리고 그것이 작가의 시선이 가 있는 곳이다. 자본의 냉혹한 논리 바깥에서, 얼룩으로 살아남을 수밖에 없는 우리의 주인공들에게 말이다.

길을 잃은 자들을 껴안는 것이 숲의 아량이라면 아무것도 남겨 두지 않는 것이 게임의 본질이다. 이기거나 혹은 지거나. 승자가 모든 것을 싹쓸이하고 루저는 모든 것을 잃게 된다. 문제는 경기의 승패가 선수가 태어나기도 전에 결정된다는 데 있다. 태어나기도 전에 이들의 운명이 정해지는 것이다. 다 자라기도 전에 버려질 운명이. 굴뚝을 타고 오는 이가 산타클로스만은 아니다. 윌리엄 블레이크(William Blake)의 시가 설명하듯, 산업혁명기 런던에서는 굴뚝 청소를 아이들에게 시켰다. 화재가 자주 일어나는 도시에서 굴뚝 청소는 반드시 필요한 일이었을 것이다. 어른이 들어가기에는 비좁은 굴뚝에 들어가 청소를 하는 아이들. 윌리엄 블레이크는 이 아이들을 관 속에 들어가는 시체에 비유했다. 아이들은 굴뚝에서 그을음을 닦아 내다가 화상을 입거나 연기에 질식해 죽기도 했다. 「굴뚝 청소부(The Chimney Sweeper)」라는 시는 낭만적인 풍경화로 보이지만 실은 잔혹한 참상의 고발이다. 일하는 아이들의 외침(sweep)과 갇힌 아이들의 울음(weep)은 겹쳐 있다. 아무도 소년을 도와주거나 검은 관 같은 현실에서 꺼내 주려 하지 않았다. "날 좀 꺼내 줘. 속삭였지만, 아무도 듣지 못했고 그 누구도 다가와 손을 내밀지 않았다."(94쪽)

현수를 21세기의 굴뚝 청소부라고 부를 수 없을까. 관처럼 탈출 불가능한 폐쇄 회로에 갇혀 사는 사람은 현수뿐만이 아니다. 현수가 진짜 여행을 떠나지는 못하면서 공항에서 여행 직전의 기분까지만 즐기는 취미를 가지고 있듯이, 미수 역시 연인 윤에게조차 하고 싶은 말을 다 전하지 못한다. 미수는 블로그를 통해서만 윤에게 전달할 수 없는 말을 건넨다. 사실 미수와 윤은 거울상이다. 『탈무드』의 굴뚝 청소부 예화에서처럼. 굴뚝 청소를 하는 아이가 상대의 얼굴을 보고 자신이 더러운지 아닌지를 판단하는 것처럼, 미수와 윤은 서로를 들여다보고 그 속에서 자신을 발견한다. 빌딩 안내원인 미수는 윤의 눈에 마네킹으로 보인다. "마네킹. 미수를 처음 봤을 때 윤이 받은 인상은 마네킹, 그 이상도 이하도 아니었다."(31쪽) 그녀는 다른 이의 눈에 거의 띄지 않는 존재다. 그녀 역시 게임 판 위의 장기 말에 지나지 않는다. 윤도 마찬가지다. 미수의 눈에 비친 윤은 "장난감 병정"(57쪽)이다. 그는 빌딩 로비를 지키는 비정규직 보안 요원이다. 이들이 자본주의의 전시장을 꾸미는 장기 말에 지나지 않는다는 것은 마지막에 이르러서 충격적으로 밝혀진다.

남자는 휴게실에 들어서자마자 대동한 사내에게 휴게실 문을 잠그게 한 후 엉거주춤 일어나는 윤에게 다가가 다짜고짜 뺨부터 때렸다. 갑작스럽게 일어난 일에 당황한 미수가 벌떡 일어나 남자에게 무슨 말인가를 하려는 순간, 그는 미수의 뺨도 사정없이 내리쳤다. (……)

"야, 나가면 서울이 다 모텔이고 여관 아니냐? 박으려면 그런 데 가서 박아. 왜 멀쩡한 남의 사업장에서 그 짓이야, 어?"

― 144쪽

새벽에 윤은 병원에서 퇴원한 미수를 데리고 자신이 근무하는 빌딩의 지하 쇼핑몰로 들어간다. 이곳저곳 다니며 침대에 누워도 보고 액세서리를 달아도 보는 둘. 잠시 잠깐 로맨틱하고 환상적이고 그리고 동화적인 풍경이 펼쳐진다. 그러나 그것도 잠시, 빌딩의 소유주가 경비들을 데리고 밀어닥친다. 얻어맞고 쫓겨나는 둘. 이들은 이렇게 자본주의의 게임 판에서 추방된다.

게임의 로직이 지배하는 곳이 숲의 로직이 통용되는 곳과는 대극이라는 것은 의심할 여지가 없다. "간절하게 가고 싶은 곳이 있었다. 버그나 몬스터의 배역 따위 없는 곳, 갚아야 할 빚도 없고 되새기고 또 되새겨야 하는 기억도 없는 곳, 칼이나 날카로운 유리 조각도 없는 곳, 사람이 상하지 않는 곳, 사라지거나 위장되는 자도 없는 곳, 그런 곳. 숲이라면 좋을 듯했다."(131쪽) 이 소설에서 꿈이 자주 출현하는 것도 이와 무관하지 않다. 게임에서 이탈하여 숲을 찾기 위해서, 인물들은 자주 꿈을 꾼다. 그러나 꿈은 현실과 무관한 곳이 아니다. 꿈에서 숲과 게임의 세계는 뗄 수 없이 얽혀 있다. 세 번째로 살펴봐야 할 지점이 바로 이 꿈의 로직이다.

3 꿈의 로직: 수면 그리고 들여다본다는 것

소년이 자신과 이름이 같은 다른 소년을 꿈꾸듯, 미수와 윤도 다른 삶을 꿈꾼다. 언젠가 '신현수'의 급소를 관통할 거라고 상상하는 현수가 겨눈 총처럼, 윤도 총을 겨눈다. 하지만 그 총구는 실은 자신을 향해 있다. 미수는 꿈속에서 윤이 발사되지 않는 빈 가스총을 입에 밀어 넣는 장면을 본다. 가까웠지만 동시에 너무나 멀리 있는 윤의 세계. 미수의 시선은 원경의 정지 상태와 근경의 가속을 동시에 담아 내는 이상한 카메라와 같다. 미수는 윤과 사회적 위치가 비슷하지만 정서적 특징은 현수와 유사하다. 미수의 블로그는 미수의 마음을 읽는 창이다. 소년은 그 창을 통해서 M과 윤의 관계를 읽는다. 누군가의 흔적을 따라가는 일은 작가 조해진의 인물들이 가장 잘하는 것에 속한다. 작가의 첫 장편 『로기완을 만났다』(창비, 2011)에서 김 작가가 로기완의 일기장을 따라가는 것이 그러하고, 『아무도 보지 못한 숲』에서 소년이 M의 블로그를 읽으면서 그의 주변을 살피는 것 역시 그러하다. 무의식의 잔영이 남기는 것 역시 사라진 시간과 사라진 감각의 복원이 아닐까.

하늘이 회색으로 뒤덮인 날 K시에서 한 소년이 사라졌다. 시체도 발견되지 않았다. 그러나 아무도 소년의 죽음을 의심하지 않았다. 소년은 사람들의 묵인과 잔인한 이기심의 볼모로 잡혔다. 「올드보이」의 동화 버전이라고 불러야 할까. 암흑 같은 세계에서 악당(현수를 납치하고 감금한 자)과 구원자(현수를 키우고 돌보아 준 자)가 같은 사람이라는 아이러니. 보스는 현수를 지금의 구렁텅이에 빠뜨린 장본인이면서 동시에 현수를 감싸는 보호자이기도 하다. 어디를 가든 따라붙는 보스의 집요한 시선이야말로 꿈의 로직에서 대타자의 작인에 해당하는 것이라 할 수 있다. 보스는 현수에게 집착하는 이유가 죽은 아들이 현수와 닮아서라고 말한다. 대타자가 현실의 현수를 지배하는 것은 대타자의 지배가 '부재하는 존재(실제로 죽은 아들)'를 향해 있기 때문이다. 그래서 보스는 현수를 '없는 존재(서류상으로 죽은 아들)'로 만든다. 소년은 이미 엄마에 의해 버림받은 적이 있다. 보호해야 할 엄마가 나를 팔아넘긴 존재라니 그건 사실인가, 아닌가?

언젠가 그녀는 이런 전봇대 뒤에 숨어 있었다. 외삼촌 집을 떠난 봉고 차가 골목을 돌 때, 창문에 바짝 얼굴을 갖다 대고 있던 소년은 잠시 울음을 그치고는 두 눈을 동그랗게 떴다. 1년 만이었지만 소년은 단번에 그녀를 알아봤다. 엄마라고 부르지는 않았다. 소년은 그저 최대한 두 눈을 크게 뜬 채 가만히 그녀를 지켜보기만 했다. 어느 순간부터 그녀는 보이지 않았다. 소년은 다시 울기 시작했다. 그 후로도, 한 번도, 엄마를 봤다고 발설하지 않았다. 시간이 흐를수록 소년 역시 그날의 장면이 실제의 일이었는지, 아니면 그저 꿈의 일부였는지 구분하기 힘들었다.

— 131~132쪽

이 소설의 가장 핵심적인 장면 중 하나가 이것이다. 팔려 가는 아들을 숨어서 지켜보는 엄마, 보호해야 할 아들을 참혹한 운명 속에 던져 넣은 무섭고 잔인한 엄마. 이 일이 실제로 벌어진 일인지, 꿈에서 벌어진 일인지 소년은 알지 못한다. 알지 못한다는 것은 구분되지 않는다는 뜻이다. 이것이 해명되지 않는 기원, 곧 원장면(primal scene)이기 때문이다. 소년이 아는 것은 이것이 소년의 운명을 결정한 일이었으며 (실제이든 아니든) 이것에 따라서 지금의 소년이 형성되었다는 것, 혹은 (이것이 핵심인데) 소년의 운명의 시작을 바라보아 주는 이가 있었다는 것이다.

엄마가 나를 버렸다는 게 요점이 아니다. 그때 이후로 모습을 드러낸 적 없는 엄마가 사실은 기원에(따라서 지금의 소년의 모든 현실에 은닉된 채로) 포함되어 있었다는 것. 이것이야말로 그 후의 '바라봄'을 정초하는 핵심이다. 보스가 나를 지배하면서도 한 번도 모습을 드러내지 않는 것이나, 소년이 M(누나 미수)을 돌보면서도 한 번도 자신이 동생임을 밝히지 않는 것도 다 이와 동일한 것이다. 보스는 소년을 지배하는 악의 중심이면서도 소년의 보호자를 자처하는 선의의 지배자이기도 하다. 소년이 잡힐 지경에 이르렀을 때도 다급하게 달아나라고 일러 준 이는 보스였다. 마찬가지로 미수에게 소년은 지나가는 엑스트라에 지나지 않았지만, 사실은 윤(애인)의 역할을 대신하는 보호자이기도 하다. 유령(야구 모자를 쓴 낯선 남자아이)과 천사(미수의 부족한 모든 것을 표 나지 않게 채워 주는 후견인)의 이형 동질이라니!

이것이 소설의 '바라봄'에 깃든 비밀이 아닐까. 숲이 숨기고 있는 수면(水面)이 수면(睡眠)의 은유로 드러나는 것도 바로 여기서이다. 소설 속 가장 아름답고 참혹한, 환상적이면서도 사실적인 장면들에서 몇 개의 문장을 뽑아 보자.

> 바닥엔 빈 병 하나가 쓰러져 있었고, 병 안에서는 초여름의 숲처럼 초록색 바람이 불고 있었다. 소주병을 집어 들어 주저 없이 내리치자 바람 한 줌이 미수의 손안에 들어왔다.
> ― 125쪽

> 미수는 물 위를 떠다니고 있었다. (……) 갑자기 얇고 단단한 막 하나가 나타나 미수의 전진을 막았다.
> ― 126~127쪽

막을 지나갈 수 없다면 남은 선택은 하나다. 미수는 다이버처럼 두 팔을 앞으로 모아 물속으로 집어넣었다. 두 팔은 가까스로 물속으로 들어갔지만 어떤 강한 힘이 막고 있는 듯 미수의 몸과 두 다리는 수면을 통과하지 못했다.

— 127~128쪽

그만둬. 얼굴까지 가라앉기 직전, 갑자기 어딘가에서 낮고 굵은 목소리가 끼어들어 왔다. 낯설지만 익숙했고 익숙했지만 지금까지 들어 본 그 어떤 목소리와도 겹치지 않는 생소한 느낌의 음성이었다.

— 128쪽

미수의 손목을 잡았다.
손목이 잡힌 미수는 끈적끈적한 물속에서 천천히 빠져나왔다. (……) 그리고 무심결에, 현수를 찾았다.

— 128쪽

그제야 소년은, 링거 바늘이 꽂혀 있던 M의 손목을 놓아줄 수 있었다.

— 128쪽

늪 같은 잠이 연이어 쏟아졌다.

— 133쪽

 소년은 무릎을 꿇고 앉아 상체를 앞으로 기울인 채 방바닥에 귀를 대 보았다. 바닥 아래 깊은 곳에 호젓한 호숫가가 보이는 듯했다. M이 자주 발을 담그고 놀았을 고요한 호수는 소년의 얼굴을 맑게 되비쳤다. 소년은 이 시간을 잊을 수 없다는 걸 느리게 깨달았다.

— 134~135쪽

 이제야 왜 이 숲이 호수를 품고 있는지가 드러난다. "숲이라면 좋을 듯했다. 호수가 있는 숲."(131쪽) 현수를 찾다 지친 미수가 윤의 집 앞에서 소주병을 깨서 손목을 그었다. 소주병의 초록이 숲을 불러왔다는 데 유의하자. 혼미한 가운데 미수는 수면 속으로 잠겨 든다. 정신을 잃고 숲의 (그러니까 숲이 품은 꿈의) 로직에 포함되려는 순간이다. 그녀를 쫓던 현수가 팔을 뻗어 그녀의 손목을 잡는다. 수면은 이때 이미 죽음의 잠으로 전환되어 있다. 그녀는 늪 같은 잠을 자고, 소년은 그녀의 방에서 아름다운 호수를 발견한다.
 요컨대 이 소설에서의 '바라봄'은 근본적으로 꿈의 로직에 따른 것이다. 꿈의 로직에서 '바라본다'는 것은 바라보는 대상에 의해 바라보아진다는 뜻이기도 하다. 나는 내가 보는 대상에 의해 바라봄을 당한다. 그리고 그 시선이 있어야만 나의 자리가 지정된다. 골목 끝에서 팔려 가는 나(현수)를 보는 엄마의 시선이 있어야 나의 운명이 결정되고, 언제 어디서든 나(미수)를 위하는 윤(사실은 윤의 시선이라고 착각한 현수)의 시선이 있어야만 나의 삶이 보호를 받는 것처럼. 조해진은 소설의 끝에 이르러 보는 자와 보이는 자의 시선이 부딪치는 두 개의 지점을 설정한다.

하나는 폐쇄 회로 카메라에 의해 폭로된 미수와 윤의 심야 데이트 장면이다. 앞에서 언급했듯이, 자본주의의 시선에 포획된 이들은 곧장 추방된다. 이들이 바라봄의 대상이 아니라는 선언이다. 자본주의만큼 '바라보아짐'을 필요로 하는 체제도 없다. 자본의 장기 말에 의해 바라보아짐을 당해야 그들은 대상을 (상품으로) 온전히 바라볼 수 있을 것이다. 그런데 상품이 주인 행세하는 것을, 다시 말해 대상이 자본주의의 시선을 바라보는 것을 그들은 용납할 수 없는 것이다.

다른 하나는 현수의 바라봄. 자신이 더 이상 지나가는 사람 A, B…… 와 같은 엑스트라가 아니라는 선언이다.

엘리베이터 안에서 소년은 야구 모자를 벗었고 꼿꼿이 고개를 세워 폐쇄 회로 카메라를 올려다보았다. 눈이 아파 올 때까지, 한 번의 깜빡임도 없이 집요하게. 소년이 선택한, M에게 보내는 처음이자 마지막 인사였다.

— 135쪽

조금 전, 현수는 보스에게 걸려 온 전화를 받았다. 이렇게 반응한다. "꺼져, 개새끼."(132쪽) 이것은 더 이상 보스의 장기말로 살지 않겠다는 선언이다. 또한 게임의 로직에서 이탈하겠다는 선언이다. 이제 현수는 폐쇄 회로 카메라를 똑바로 바라본다. 영화 「링」에서 화면 밖으로 나오는 귀신만큼이나 공포스러운 장면이다. 단 사랑의 외양이 드러나는, 사랑스러운 공포이겠다. 꿈은 이렇게 현실에 스며들고 현실을 재구축한다. 마침내 우리는 '숲의 끝'에 이른다. 다른 말로 하자면, 우리는 이미 숲의 중심을 통과해 왔다.

4 유령이 당신을 사랑할 때

『아무도 보지 못한 숲』은 대부분의 많은 사람들의 시선에는 무심코 지나가는 장면이지만 그것을 감당해야 하는 사람들에게는 감지되는 고통과 상처, 그리고 위안과 공감을 몽환적으로 그리고 있다. 그런 느낌이 드는 이유는 우선 '꿈'이라는 소재가 반복되기 때문이다. 우리는 언제든 미수의 꿈속으로 끌려 들어갈 준비를 해야 한다. 미수는 꿈의 안과 밖을 명확히 구분하지 않으면서 이야기를 전달하는 취한 서술자이다. 그런데 그런 방식으로만 전달되는 어떤 현실이 있다는 것을 자명하게 보여 준다는 점에서 정확한 보고자이기도 하다.(심지어 윤의 떠나감마저도 꿈의 일부로 기술된다.) 그 현실의 중핵에는 어떤 존재가 아니라 부재가 있다. 어머니의 부재, 동생의 부재. 미수는 꿈속에서 잃어버린 시간을 찾을 수 있다는 듯이 기도한다. 마술을 부리듯이. "하나, 둘, 셋."

꿈은 숲의 이미지와 가장 중요하게 연결된다. 우리는 '숲의 시작'에서 출발해서 '숲의 끝'을 확인했다. 우리는 그들과 함께 서 있을 테지만, 숲의 '한가운데'에는 들어가지 못한다. 우리가 감지하지 못한 사이 저 숨어 있는 풍경은 오롯이 두 남매의 몫으로 통과될 뿐이다. 때문에 우리가 지금부터 듣게 되는 꿈 이야기는 우리가 상상해 넣어야 할 장면을 남겨 둘 수밖에 없다.

그토록 찾아다닌 동생이 바로 그녀의 곁에 있었다. 경찰에 찾아 달라는 그녀의 청원이 그를 체포하는 일이 될 줄은 몰랐다. "내가 신고했어. 현수를, 내가 신고한 게 되어 버렸지." (156쪽) 그러나 사실 이 신고가 없었다면 현수는 영원히 유령으로 그녀의 주변을 떠돌 뿐, 그녀에게 돌아올 수 없었을 것이다. 마침내 둘은 만난다. 소년교도소에서 출소한 소년과 그를 기다리는 누나의 해후, 혹은 숲을 가로질러 숲의 끝에 이른 둘.

"현수야."

부르는 그 말에, 소년은 대답했다.

"응, 누나."

손이 따뜻해졌다. (……) 누나의 등 뒤로 숲을 빠져나갈 수 있는 외길이 조금씩 선명하게 보이기 시작했다.

— 163쪽

드디어 무명을 벗고 둘은 그토록 찾아 헤매던 서로를 발견한다. 이 결말은 우리에게 한 가지 윤리적인 질문을 던진다. 우리를 사랑하는, 하지만 우리가 알지 못하는 유령은 누구인가? 우리는 그토록 우리를 사랑하는 인물을 단순한 후원자로 여기는 것은 아닌가? 혹은 우리가 그토록 찾던 이가 바로 우리 옆에 있는 것은 아닌가? 아무도 아닌 자, 유령이자 천사인 미스터 노바디가 그대를 사랑한다. 우리는 거기에 응답할 준비가 되어 있는가?

선의의 숲이 있다면 이 소설의 숲이 바로 그럴 것이다. 숲에 버려진 오누이가 있다. 사실 숲(forest)은 이들(the rest)을 위해 마련된 것이다. 이들은 최선을 다해 서로를 돌본다. 이 돌봄이야말로 숲을 관통하는 단 하나의 비의가 아닐까. 조해진은 냉혹한 세상이 그 지배력을 관철하려 들 때마다 그 숲을 생각해 보라고 권한다. 미스터 노바디가 그대를 사랑한다. 그러므로 우리는 아무도 아닌 자가 아니다. 우리는 서로에게 사랑하는 바로 그 사람이 된다.

오늘의
젊은 작가
01

아무도 보지 못한 숲

조해진 장편소설

1판 1쇄 펴냄 2013년 7월 19일
1판 7쇄 펴냄 2025년 4월 23일

지은이   조해진
발행인   박근섭·박상준
펴낸곳   **(주)민음사**

출판등록   1966. 5. 19. 제16-490호
주소   서울시 강남구 도산대로1길 62(신사동)
           강남출판문화센터 5층(06027)
대표전화   02-515-2000 | 팩시밀리 02-515-2007
홈페이지   www.minumsa.com

ⓒ조해진, 2013. Printed in Seoul, Korea

ISBN 978-89-374-7301-2 (04810)
ISBN 978-89-374-7300-5 (세트)

* 잘못 만들어진 책은 구입처에서 교환해 드립니다.